2 0 2 2　MOOK　第十二期

诗词中国

图书在版编目（CIP）数据

诗词中国. 第十二期 / 诗词中国丛刊编辑部编. -- 北京：华文出版社，2022.8
　ISBN 978-7-5075-5557-8

Ⅰ.①诗… Ⅱ.①诗… Ⅲ.①诗词研究－中国 Ⅳ.①I207.2

中国版本图书馆CIP数据核字(2022)第087332号

诗词中国　第十二期

编　　　者：诗词中国丛刊编辑部
丛 书 名：诗词中国丛刊
责任编辑：潘　婕
美编设计：李琳琳
出版发行：华文出版社
地　　　址：北京市西城区广安门外大街305号8区2号楼
电　　　话：总 编 室 010-58336239　发 行 部 010-58336267
　　　　　　责任编辑 010-63429159
邮政编码：100055
网　　　址：http://www.hwcbs.cn
经　　　销：新华书店
印　　　刷：北京博海升彩色印刷有限公司
开　　　本：710mm×1000mm　1/16
印　　　张：12.25
字　　　数：150千字
版　　　次：2022年8月第1版
印　　　次：2022年8月第1次印刷
标准书号：ISBN 978-7-5075-5557-8
定　　　价：46.00元

版权所有，侵权必究

【卷首语】

日用而不知的诗词精神

写诗词的是小众，读诗词的是大众。小众和大众之所以都会被传统诗词所吸引，主要原因就是传统诗词简短有韵律的语句可以承载深刻的生命意识、思维方式和自由的艺术精神，以这种追求去热情地创作和欣赏，我们可称其为具有"诗词精神"。

自国风、乐府而来的人民歌咏，充满着自由精神。之后，以德润身，以文化人，亦成文明进步之象征。传统诗词在当代的普及推广正是传承中华基因、构建文化自信的需要。诗词所承载的民族精神可以引领人、振奋人、滋养人，最终成为百姓日用而不知的精神佳酿。

传统诗词还可以参与大众价值观的塑造。我们背诵过、欣赏过的那些古代优秀诗词作品，有许多曾经引发过心灵的共鸣。这些作品当中传递的就是这些古人对世界、对人生、对价值的判断。古人和我们一样，经历过憧憬、奋斗、挣扎、喜悲、愤怒与淡定，他们表达的思想、志向与情感正是我们走在未知世界的航标。

我们活在他们活过的古城。我们庆幸与他们人间天上，隔空相望。我们读到李白的"长风破浪会有时，直挂云帆济沧海"，王贞白的"读书不觉已春深，一寸光阴一寸金"，苏轼的"诗酒趁年华""一蓑烟雨任平生"，文天祥的"是气所磅礴，凛烈万古存"，会激动，会流泪。他们的信念和态度必将启发和激励我们在面对现实人生时，做出最值得的选择。

写诗、读诗都是人生充实幸福的寄托。诗词是我们不离不弃的伴侣。有一本小巧的《唐诗三百首》，有一部手机，都能随时可读可背。而对于大多数喜欢创作的诗友来说，每天遣词造句也是一件让人乐此不疲的雅事。忽地梦中惊坐起，忙寻纸笔记新词，想必也是许多"诗痴"都有过的经历。

朱光潜说："要养成纯正的文学趣味，我们最好从读诗入手。""诗词中国"说，要唤醒民间诗兴，创造诗意生活。小众的创作者要有引领大众喜欢上传统诗词的志向。"诗词中国"期待着当代人的优秀作品，这里是你们的舞台。

主办： 华文出版社　中华诗词研究院
编辑部地址： 北京市西城区广安门外大街305号8区2号楼
邮编： 100073
电话： 010-63260766

顾问：（按音序排列）
叶嘉莹　沈　鹏　袁行霈　刘　征
郑伯农　周笃文　郑欣淼　林　岫　周文彰

《诗词中国》学术委员会主任： 袁行霈
《诗词中国》学术委员会：
袁行霈　陶文鹏　赵仁珪　施议对　林　岫
曹　旭　周啸天　钟振振　钱志熙　杨逸明
王　玫　顾之川　曾大兴　刘青海　辛晓娟

《诗词中国》编辑委员会主任： 包　岩
《诗词中国》编辑委员会：（按音序排列）
李树喜　高　昌　林　峰　刘庆霖　包　岩　宋彩霞
本期栏目主编： 钟振振　林　峰

编辑部主任： 吴文娟
封面题字： 沈　鹏
封底供图： 秦淮桑
美术编辑： 李琳琳

特别声明：
凡在《诗词中国》相关栏目中引用、发表的诗词作品，本刊仅作转载，目的是传播优秀作品，交流写作技巧，不改变作品原有著作权归属。
凡向《诗词中国》投稿的作者，来稿请注明详细的通信地址、邮编、电话、电子邮箱等联系方式，以便稿件采用后，奉寄样书。本刊同时享有作品的网络发表与转载权。凡符合标准的作品，将在《诗词中国》丛刊发表，并将择优在《中国诗词年鉴》（由中华书局出版）发表。作者向本刊提交作品的行为即视为同意上述约定。

诗词中国微信公众号

诗词中国客户端 苹果版

诗词中国客户端 安卓版

目 录

【自由谈】
◎ 专题：诗词在当代的社会功能 / 001
　　诗词的当代功能　林　峰 / 001
　　谈谈诗词的社会作用——兼谈诗教　周啸天 / 004
　　感动生命是诗词最根本的社会功能　张海鸥 / 006

【点睛之笔】
◎ 古典诗歌中的"空镜头"　陶文鹏 / 013

【名家说诗】
◎ 守望风雅　郑欣淼 / 017
◎ 自然与精心——读袁行霈先生的诗词　钱志熙 / 028

【名家诗钞】
◎ 顾随先生诗词钞　林　峰　辑 / 039

【诗词特辑】
◎ 郑欣淼诗词作品选 / 043

【清雅诗怀】
　　唐双宁　李岱宸　吴久籁　赵秋凯 / 047
　　蒋定之　陶武先　许乐仁 / 048
　　祁茗田　褚水敖　林建华　何广才　周其林 / 049
　　杨鹏飞　郑伟达　孙义福　陈小明　王树武 / 050
　　王　威　易大斌　潘洪信　刘　辉　李创国 / 051
　　胡　斌　刘　毓　魏秀琴　贾志义　罗国平 / 052

舒继光　周富成　秦晓舟　邱宇林　黄　群／053

陈　岩　唐国华　孙德冰　宋善岭　朱永兴／054

华子奇　石长邦　薛成军　姚育萍／055

【山水诗踪】

马　凯　陈幼荣　武正国／056

郭羊成　郭学焕　蒙建华　罗卫红／057

陶　利　李城外　杨成虎　马明德／058

黄昆阳　李国庆　徐　亮　郭顺敏　陈洪勋／059

张　南　黄　湾　韦俊图　郑鸿奇　徐吉鸿／060

艾　院　黄桂芬　翁仞袍　张文婷　赵传法／061

李建真　王祝成　张和平　林建兰　陈　倩　杨寄华／062

罗陆艺　张晓邦　姜云姣／063

【PK唐宋】

陈植旺　丁海军　丁稚鸿／064

李荣聪／066

廖国华　李建新　刘　丰　刘健华　刘鲁宁　刘能英　马星慧　彭　莫／067

沈鉴宇　巫资华／069

奚道华　徐艺宁　星　汉　叶元章／070

杨逸明　袁振东　钟振振／071

余青海　曾玄伟　张明新　周粟庵　朱　帆／072

张智深／073

【合璧联珍】

◎ 周逢俊诗画作品／074

【海外诗鸿】

◎ 澳大利亚

陈玉明　王香谷／079

何　芳　常　旭／080

洛　村　王　谦　康有才　香水百合　周伟强／081

嵇春声　秋　笛　程立达　江哲彦　随爱飘游／082

老夫子　方　白　蒹葭REED／083

◎ 新西兰

　　李晓明／084

◎ 美　国

　　周　荣　薛恭晖／084

　　梅振才　武福生　陈善良　陈匡任　梁　军　姚天民／085

　　李春华　王敏健　陈荣辉／086

　　吴家龙　赵永鹏　吴　行　应水旺　郭仕彬／087

　　陈伟区　翁跃韶　程　燕　李锦重／088

◎ 英国

　　吴仁仁／089

◎ 墨西哥

　　盘品磊／089

◎ 智利

　　胡百均　钟晓钰／089

◎ 新加坡

　　朱添寿　林　子　岑春燕／090

　　郑剑峰　陈延任　潘君棠　杨根平　马宝汕／091

　　刘意玲／092

◎ 马来西亚

　　张英杰　曾议辉　李容德／092

　　李淑莲　温松钦　廖锦芳／093

【华夏诗阵】

◎ 福建省诗词学会

　　黄高宪　林华光　王仁山／094

　　许　总　周书荣　孙汉生　刘如姬／095

练　欢／096

◎ 浙江省丽水市诗词楹联学会

周加祥　叶志深　虞克有　傅祖民／096

蓝贤寿　李伟平　陈水根　吴莉梅／097

◎ 山东省滕州市诗词楹联学会

邱启永／097

李　强　赵家骏　代和平　张厚玉　奚道清　王广超／098

刘　冰／099

◎ 四川省邛崃市诗词学会

王一田　王　东　李　沚　王茂楠／099

杨维治　高秀群　冉景国　杨　焕／100

◎ 广东省惠州市诗词楹联学会

陈幼荣　王　蔚　罗胜前／100

陈式敏　潘新艳　谢栋宇　徐郭森　郑泰康　刘斯强　李硕洪　刘国忠／101

曹新频　黄石绿　吴伟强　刘　静　陈玉香　章财明　黄　涌／102

唐国华　朱转娥　邱志忠　刘新华　曾艳梅　叶翰江　余明强　白凯贞／103

赵淑伟　贺律魁　赖帝福　李玉水　周幸泉　杨成东／104

刘桃英　谢达生　蔡礼业　李如安　周大富　巫剑山　罗宜景　曾　宁／105

李育聪　李锡钦　彭学龙　叶见华　王昌达　陈云生　林植忠／106

叶秀嫦　华慧娟　聂郁坤　官首荣　蒋能生　刘石森　郑惠坚／107

◎ 安徽省宣城市宣州诗词学会

肖礼堂／107

徐志平　梅运莉　徐德明　方诗韵　余　浩　方　霞　陈朝元　孙正军　蔡　青　罗国亮／108

罗志勇　张英姿　何典发　刘明华　洪晓明　黄保平　黄爱武／109

◎ 山东省潍坊市诗词学会

郭顺敏／109

王立军　包美荣　赵　宁　孙世才　王宝顺　李　然　刘汉泽／110

管恩锋　陈延云　徐建华　黄保亮　张晓晖　程宜文　李庆林／111

王传勇　蒋里征　孟庆平　赵光荣　张玉欣　张立志／112

杨　泰　宋日礼　乔云峰　罗文霞　沈佃荣　王京华／113

柳　林　徐泮珍　魏长收　庄兰香　卢振祥　范德忠／114

赵　龙　李万瑞　祁汝平　武福河　孙　燕　冯恩利　郭小鹏／115

张恩勤　李永明　张景放　李春厚　邱兆松　赵传法　王树鹏／116

张庆海　杜耀福　荆　翠　范黎青　马洪奎　孟庆生　刘业玲／117

孟祥森　王殿永　吕增信　张增文　王勤礼　张树仁　马士林／118

杜瑞红　孙明海　陈振忠　张修广／119

◎ 浙江省杭州市诗词楹联学会

章剑清　李利忠　朱超范／119

卢远民　王益庸　陈　宏　蔡　铭　吴清怡／120

杨　佳　吴咏芳　徐　立　雷婧宇　俞炳华　孔鸿德／121

盛以晋　高佳平　李　龙　章鸣鸿　童超贵／122

马苗林　朱纫频　余利生　吴元法／123

方　韦　李秀娟／124

◎ 浙江省杭州市余杭区/临平区老干部诗社

葛　杰　黄海燕／124

郭贤松　仰健雄　陈国伟　沈洪顺　吴正贵／125

卓介庚　胡仄媛　傅一元　俞祥松　陈理清　姜桂芳　王华根／126

吴玉昌　杨祖荣　陆　虹　金志梅　詹秉轮　陈志良　吴以明／127

赵方传　徐仁广　老周浑璞光华　魏建伟　潘友福／128

施志平　采桑子　丁金川　马炳洲　张佩红　应新华／129

陈国明　胡惠民　邓元发　郑其产　郑长雨　严仕德　宋佐民／130

李友法　高尔康　裘维炯　张金娥／131

◎ 北京西山诗社

冯柏乔　林　毅／131

叶宝林　梁兆智　向　丽　赵化先／132

净水芙蓉　王维宝　刘金松　王维权　纪大臣／133

赵立吉　吴　辉　周少兰　易玉华／134

李耀宗　王春陪／135

【诗坛撷英】

◎ "诗颂冬奥会"主题诗会

周文彰　范诗银　罗　辉　高　昌／136

林　峰　刘庆霖　沈华维　包　岩　何　江／137

刘爱红　胡　宁　尹彩云　石达丽　李建春　宋彩霞　胡　彭／138

◎ "庆祝建党百年"主题诗会

林　岫　周文彰　陶文鹏　范诗银／139

星　汉　熊东遨　周啸天　包　岩　李树喜　张桂兴／140

刘庆霖　杨逸明　宋彩霞　李　易／141

◎ "送别袁隆平院士"主题诗会

周笃文　周文彰／141

范诗银　钱志熙　林　峰　刘庆霖　李树喜　王玉明／142

石　厉　杨逸明　彭崇谷　宋彩霞　李　易／143

【特稿】

◎ "美丽新征程"第五届"诗词中国"颁奖典礼在京举办／144

【本期特辑】

◎ 第五届"诗词中国"传统诗词创作大赛获奖作品选

绝句

特等奖

周永国／151

一等奖

余俊斌　侯福云　李金明　陈淼淼／151

二等奖

梁亚东／151

王　平　侯良田　张明新　张志坚　王睦武　余减租　李伟亮／152

三等奖

张昌武　郑　力　廖润昌　余青海／152

彭明华　王志伟　杨小平　李荣聪　吴　淞　印建生　杨　强　刘连华

王中伟　周崇坤　曾继全　陈国元／153

徐俊丽　曹丽芹　刘爱红　李　云／154

律诗

  一等奖

  张红英　杨　刚　高盛毅／154

  二等奖

  李小玲　谢　民／154

  蒋继辉　张成昱　周立军　储昭时／155

  三等奖

  张万银　陈茹洁　叶素义　董万英／155

  孙双凤　唐本靖　蔡永政　李如意　吴江汉　邓建秋　屈炳水　张曼雪／156

  张金童　张成昱　林群驰／157

词

  一等奖

  侯良田　王　力／157

  二等奖

  马建华　张海全／157

  王玉明　张耀臣／158

  三等奖

  全凤群　夏新权　金可国／158

  龚文超　苏　俊　刘庆斌　卢继清　王晓媛　翁钦润　孙　群／159

古风

  一等奖

  丁　欣／160

  二等奖

  孙彦学　谢少承／160

  三等奖

  范展赫／160

  鲁云信　武　桢　武帅腾／161

◎ 第五届"诗词中国"传统诗词创作大赛港澳地区及海外分赛获奖作品选

绝句

二等奖

张祥雨(加拿大) 早川太基(日本) 熊天锡(美国)

赵剑诚(加拿大)／163

三等奖

沈家庄(加拿大) 冯嘉乐(澳大利亚) 王 巨(美国)／163

律诗

一等奖

王长友(俄罗斯) 李晓明(新西兰)／164

二等奖

朱莉娟(日本) 平光辉(美国)／164

三等奖

任 刚(美国) 蒋振平(美国) 马明强(英国)

赵欣雨(马来西亚)／164

钟钧镁(美国) 姜海燕(美国) 汤 黎(巴西)

吴明朗(美国) 顾秋平(香港)／165

词

一等奖

许明俊(香港) 周良彬(意大利)／165

二等奖

余兆炽(澳大利亚) 何 显(加拿大) 李振华(法国)／166

三等奖

周苏滨(加拿大) 冯 玉(加拿大)／166

路 易(美国)／167

古风

一等奖

徐依苹(日本)／167

二等奖

薛 文(加拿大)／167

◎ 第五届"诗词中国"传统诗词创作大赛高峰赛获奖作品选

绝句

精品奖

侯福云　胡　维　王天才　谈　琰　张明新　梁孝平　郑　力　马建华
孙长春　彭明华／168
叶素义　姚丰臣　寇向东　陆尚雄　郭战旗　汪冬霖　陶建锋　李　静
雷发扬　赵洪卫　陈　辉　胡陈英／169
宋华峰　丁　欣　侯良田　郝翠娟　王俊卿　李吉兰　李英俊　张　韧
李小玲　胥春丽　葛海晔　王松琴／170
张建明　白凤岭　郎　松／171

律诗

精品奖

吕鄂川　叶宝林　于海锋　王纪波　张　帆／171
丁　懿　仇恒儒　徐家勇　陈衍宇　杨秀荣　岳明阔　李国新　朱军东／172
向育君　奚晓琳　刘秀梅　张志勇　耿红伟　杜天明　胡志杰　陶　慧／173
卢继清　邓建秋　朱宝纯　林群驰　岳继弘　王希婷　黄宁辉　邹刚毅／174
叶子金　季传富／175

词

精品奖

于宏春　王纪波　杨树林　郭绍鹏／175
邢建建　孙巴生　程良宝　衡巨芝　齐　刚／176
刘　峰　安燕梅　张柏年　李　娜　黄郁贤／177
屈　军　田盛林　崔江林　谢继祥　蒋　娓　闫　雁／178
杜天明　吴东豪　谢沃初　曾玄伟　戴晓翠　董　磊／179

古风

精品奖

姚任民　肖梦娟　胡方元　邱晓林／180
刘庆斌／181

◎ 首届"中华女子诗词大会"获奖作品选

  一等奖

  魏小芳 / 182

  三等奖

  谭　沫 / 182

  二等奖

  康彩兰 / 182

  三等奖

  李　宁 / 182

  二等奖

  秦雪梅 / 182

  三等奖

  张海萍 / 182

自由谈

【专题】

诗词在当代的社会功能

编者按：

古人云："文章合为时而著，歌诗合为事而作。"孔子说的"兴观群怨"，都是着眼于诗歌的社会功能。诗词在当下有着怎样的社会功能？或者应当具备怎样的社会功能？

本期，我们邀请了几位诗人与学者，谈谈他们对这一问题的见解。

林　峰：

诗词的当代功能

中华诗词因其万古不磨的艺术魅力，千百年来，一直奔腾在源远流长的历史大河里，绽放在五彩缤纷的文化百花园中，在炎黄儿女的眉间心上。尽管历经磨难和曲折，但中华诗词没有没落，没有消亡，反而历久弥新，风光无限。随着中华优秀传统文化的强势回归，中华诗词再一次进入了人们的视野，人们也再一次领略了诗词的精彩。习近平总书记曾经说过"学诗可以情飞扬，志高昂，人灵秀"。这让我们看到了民族经典的耀眼光芒，让我们看到了中华诗词历经三千年风霜洗礼之后的荣耀，也让中华诗词在当代社会的精神力量和社会功能中完美引爆。

一、诗词的引领功能

引领即指引、领航，指导方向。中华诗词每每在重大时刻，迸发出力挽狂澜的气势。比如毛泽东的"借问瘟君欲何往，纸船明烛照天烧"（《送瘟神》），就是毛泽东在中国人民战胜瘟疫之后发出的欢呼。领袖的心声是战胜困难的指针，指引着中国人民从胜利走向新的胜利。《送瘟神》这首诗对于当今的抗击新冠疫情仍有积极的现实意义。叶剑英的"科学有险阻，苦战能过关"（《攻关》），是老一辈无产阶级革命家对科学事业的无尽期盼和关切，曾经引导和激励了无数的科技工作者为了祖国的建设事业呕心沥血，迎难而上。习近平总书记的"为官一任，造福一方，遂了平生意。绿我涓滴，会它千顷澄碧"（《念奴娇·追思焦裕禄》），是习近平总书记坚定豪迈的慷慨誓言，表达了他朗如日月、清如冰镜的忠诚情怀，引领着国家公仆勇于担当、勤政廉洁的道德风尚，回荡着新时代"父老生死系"的壮丽交响。

二、诗词的教化功能

孔子说："不学诗，无以言。"（《论语》）又说："言之无文，行而不远。"（《左传·襄公二十五年》）苏东坡也说："腹有诗书气自华。"（《和董传留别》）诗词不仅教会我们识文断字，蒙昧初开；而且教导我们知书达礼，修身齐家。比如说，孝敬父母"谁言寸草心，报得三春晖"（孟郊）；对人民"横眉冷对千夫指，俯首甘为孺子牛"（鲁迅）；对国家"苟利国家生死以，岂因祸福避趋之"（林则徐）；劝人珍惜粮食的"谁知盘中餐，粒粒皆辛苦"（李绅）；鼓励战士奋勇杀敌的"射人先射马，擒贼先擒王"（杜甫）；劝诫人们勤奋学习的"少年易老学难成，一寸光阴不可轻"（朱熹），等等。我们的传统诗词就是这样一部集人生、人文、人性于一体的活的典范，通过诗词的陶冶来达到教育众生、净化心灵、塑造人格的目的，这种以情感人的潜移默化是其他任何理性教化都无法比拟的。

三、诗词的审美功能

中华诗词的铿锵韵律，典雅语言，鲜明节奏和悠远意境等都令我们沉醉其中。人们经过诗词的长期浸润，浑身上下会有一种诗词气息洋溢其中，温柔敦厚，儒雅从容。处世接物时会用一种诗美的眼光来审视社会。比如友朋来访，会有"花径不曾缘客扫，蓬门今始为君开"的惊喜；与人饮酒，会有"会须一饮三百杯""与尔同销万古愁"的潇洒；回首往事则会有"飘飘何所似，天地一沙鸥"的渺茫；展望未来，则有"长风破浪会有时，直挂云帆济沧海"的壮阔；观山我们会有"会当凌绝顶，一览众山小"的感叹；看海我们会有"海到无边天作岸，山登绝顶我为峰"的豪迈；春天来了，我们会有"春来江水绿如蓝""春江水暖鸭先知"的欢欣；秋花谢了，我们会有"林花谢了春红，太匆匆，无奈朝来寒雨晚来风"的惋惜。人的身心经过诗词的滋养，春秋花草，山河四季，乃至日常点滴它都有了诗意的展示，生活就会多了美好，社会就会因此和谐。

四、诗词的抒情功能

"诗为心声""诗言志""诗缘情而绮靡"等经典论述都凸显了诗词抒情的本质和特征。"感人心者，莫先乎情"，白居易在一千多年前就阐述了诗词之所以动人心魄，其根本就是触及了人的情感因素。古往今来的不朽作品大多摇曳着以情动人的风采。比如"月上柳梢头，人约黄昏后"（恋情），"桃花潭水深千尺，不及汪伦送我情"（友情），"独在异乡为异客，每逢佳节倍思亲"（亲情），"待从头，收拾旧山河，朝天阙"（报国情），"一唱雄鸡天下白，万方乐奏有于阗"（民族情）等。岁月变迁，人事代谢，但亘古不变的是人的情感，喜怒哀乐、七情六欲都在诗词中得到了最美的表达。人们在诗词中获得赏心悦目的体验，同时也感受到了诗人只可意会的心灵起伏。

另外诸如诗词的学习功能、娱乐功能、宣传功能、存史功能等，因为篇幅所限，这里不再赘述。但诗词的功能其实已无处不在，也无时不在。随着人们对传统文化认知的加深，诗词的功能会得到最大程度的释放，诗词也会成为人们日常生活的精神底色。人，如果错过了诗词，就错过了四季最明媚的时节，错过了旅途最灿烂的风景，错过了人生最美妙的享受。让传统诗词之美进一步融入百姓生活，融入时尚风情，融入经济发展，成为推动当代社会前进的强大动力，这是中华诗国应有的担当和自豪。

周啸天：

谈谈诗词的社会作用
——兼谈诗教

孔子说，一定得学诗。

孔子见学生，劈头就说："小子何莫学夫诗！诗可以兴，可以观，可以群，可以怨。"回家又对儿子说，"不学《诗》，无以言。"

诗就那么重要吗？

诗不能当饭吃，不能解决就业问题，也不能指望用诗来改造社会。鲁迅说，一首诗赶不走孙传芳，一炮就把他打走了。除了少数时期，新乐府不是评价很高的诗。诗的用处不在那些地方。诗如江上之清风、山间之明月，填不饱肚子，却能陶冶人的情操，使之成为诗性的人。诗性的人不把人生看成干枯的东西，懂得怎样善待生活。对于诗性的人来说，诗是一座精神家园。

孔子听几个学生谈心，时发一哂，不轻许可。然而，当曾点说出："暮春者，春服既成，冠者五六人、童子六七人，浴乎沂，风乎舞雩，咏而归。"夫子即喟然叹曰："吾与点也！"苏东坡在颍州，一夜，堂前梅花大开，月色鲜霁。夫人王氏曰："春月胜如秋月色，秋月令人凄惨，春月令人和悦。何不召赵德麟辈饮此花下？"先生大喜曰："此真诗家语耳。"徐文长闻西兴一脚夫语云："风在戴老爷家过夏，我家过冬。"为之抚掌。凡此，皆诗性之人也。

诗教说到底是一种美育。它教人读诗、爱诗、懂诗，而并不要人人都成为诗人。孔子说"小子何莫学夫《诗》"，而不说"小子何莫'作'乎'诗'。孔子不作诗，孔门弟子也不作诗，但讨论起诗歌来，都有很高的见地。他们是一群心智健康的人，是一群诗性的人。《礼记·经解》云："孔子曰：入其国，其教可知也。其为人也，温柔敦厚，诗教也。"诗教的结果，能使人"温柔敦厚"，因为心态好，性格好，人际关系也就好。可见，高等学府的中文系不把培养作家和诗人写进自己的培养目标，并不是一时的疏忽大意。如何能鄙薄中文系教授的述而不作！

列宁岂不伟！他说："就是砸破我的脑袋，我也写不出一句诗来。"

却并不妨碍他诵读普希金，不妨碍他成为一个诗性的人。邓小平岂不伟！他也不作一首诗。但在他第三次复出前，突然朗吟"大梦谁先觉，平生我自知。草堂春睡足，窗外日迟迟"一诗（见《三国演义》）。没有哪一个人比邓小平更当得起这首诗，也没有哪一首诗比这首诗更能表达邓小平复出前的心情了。为此，邓家的孙辈都能背诵那首诗——这事是我听邓林（小平之长女）亲口讲的，"自古英雄尽解诗"——错不了！接受美学认为，读者其实也参与了创作，也能分享到与作者同等的喜悦。

在"文化大革命"最艰难的那一段岁月，总理秘书为周恩来收拾桌子，无意中发现桌上的书中夹着一片纸，上面是总理用铅笔抄写的一首江南民歌："做天难做二月天，蚕要暖和麦要寒。种菜哥哥要落雨，采桑娘子要晴干。"周恩来在抄写这首民歌的时候，他十分压抑的心情应该得到了些许的释放。这就是庄子说的无用之大用。

马克思说："对于非音乐的耳，再美的音乐也是没有用的。"与中小学开设音乐课、美术课一样，诗教也在于培养学生的美感，使之有一双慧眼、一双音乐的耳和一颗文心。往小处说，可以更好地欣赏人生（按美的规律去生活），反言之，有助于承担人生的痛苦。往大处说，可以按照美的规律去创造。

至于诗人，就更须以读诗、懂诗、爱诗为前提了。什么是诗人？我有一个定义——凡用全身心去感受、琢磨人生而又有几分语言天赋的人，便有诗人的资质。而诗才，是从阅读中产生的。读到什么份儿上，才可能写到什么份儿上。读到见了诗家三昧，不写则已，写必不落公共之言，下笔即有健语、胜语、妙语，而无稚语、弱语、平缓语。笔者认识的一位诗家自叙曰："余诗沾溉唐以下诸家，于汉魏两晋未尝用心，气格未致高浑，辞句每患浅弱。"此真人不说假话。我素不能饮，亦为之浮一大白。

然则，诗可以不多读哉！

张海鸥：

> 感动生命是诗词最根本的社会功能

诗词是人类心灵的美文式叙说，其最基本的功能是自我表达和感动他人。

因为人心是古今相通的，所以许多普适化的表达和感动具有恒久的相通性，但时代特征却不明显。比如王维"劝君更进一杯酒"，李白《将进酒》，杜甫"两个黄鹂鸣翠柳"，苏轼"诗酒趁年华"之类。

但任何诗人都生活在特定的时空中，其诗词作品往往具有特定的时代感和社会内涵。比如王维歌颂大唐帝国强盛气象的"九天阊阖开宫殿，万国衣冠拜冕旒"，杜甫的"暮投石壕村，有吏夜捉人"之类。

不论时代感强弱，诗词都是诗人内心感动的表现。诗人内心的各种感动形之于诗词，不论时间和空间特征是否明显强烈，都能够引起读者相应的感动。越好的作品越能引发同类人的生命感动。比如"昔我往矣，杨柳依依。今我来思，雨雪霏霏"，比如"老骥伏枥，志在千里。烈士暮年，壮心不已"。

这种从作者之感动到引发读者感动的过程，就是诗词实现社会功能的过程。

诗词感动生命的方式和内涵丰富多样，孔子概括为"兴观群怨"，叶嘉莹称之为"兴发感动"。

孔子的"兴观群怨"说见于《论语·阳货》：

子曰：小子何莫学夫诗？诗可以兴，可以观，可以群，可以怨。迩之事父，远之事君，多识于鸟兽草木之名。

后世儒家对此各有解释，朱熹《四书章句集注》解释说：兴就是感发志意，观就是考见得失，群就是和而不流，怨就是怨而不怒。当代学者杨伯峻《论语译注》解释为：培养想象力，提高观察力，锻炼合群性，学得讽刺方法。

这些具体的解释其实都关涉诗的根本功能——感动。感动既包括诗歌的创作过程，也包括阅读接受过程。

在创作过程中，作者内心有了各种感动，激发为表达的冲动，具体化为美文化叙说，表达作者的喜怒哀乐等各种情怀情感，表现他对世事的理解、期望、态度，等等。比如屈原《离骚》表达各种复杂的心情意绪，陶渊明的田园诗表达对自由的向往，王之涣《登鹳雀楼》表达一时一地的具体观感和哲思理趣，苏轼"不识庐山真面目，只缘身在此山中"表现主客关系中的某种理趣，秦观《鹊桥仙》叙说相爱者久别重逢的欢愉和离别的无奈、伤感和相互宽慰。

作品被他人接受的过程，就是作品社会功能实现的过程。诗词作品的社会功能具体而且多元，生活有多丰富，人类情怀有多丰富，作品的功能就可能有多丰富。比如李煜《虞美人》叙说亡国之悲，千年以来的读者既因理解作者的"几多愁"而感动，又可能进而联想自己的某些感伤心事而感动。中国抗日战争时期一部著名影片《一江春水向东流》，借李后主的词句，写一个民族的亡国之悲和一对夫妻的悲欢离合，观众的感动既有全民族共同的时代心情，又有每个人的生活感受。二十世纪八十年代重播这部影片，一位女观众失控痛哭，从泣涕到号啕，她的悲伤真如一江春水东流。

优秀的咏物诗词或写风景的诗词，同样能感动读者，陶冶人的审美情操。比如贺知章的《咏柳》，男女老少都喜欢，诗人抒写春天里的喜悦和美感，感染读者珍惜时光热爱生活。苏轼《水龙吟·次韵章质夫杨花词》，描写柳絮飘零，象征人生的漂泊和无奈，蕴藏着对时光、对美好事物、对生命和生活的珍惜之情。苏轼《贺新郎·夏景》"乳燕飞华屋"，描写石榴花美丽的绽放和凋谢，隐喻人生的孤独感和对知己的期盼，同样蕴藏着对美、对生命和生活的珍重热爱。诗词中的审美意趣和生命精神永远陶冶着人类情怀。

汉儒解《诗》，提出"赋比兴"理论，"兴"是诗歌的艺术表现方法，大约类似于现代人说的象征、隐喻。

中国原始诗学中的比和兴都属于象征，就是以象征意。比和兴的区别其实就是：比喻比较直接而且单纯，兴则比较含蓄，能引发丰富的可能性联想。朱熹说："兴者，先言它物以引起所咏之词也。"

"象征"这个概念是二十世纪初从外国文艺学意译来的，"象"和"征"构成了一个很好的汉语诗学术语。后来，学者们又从西方诗学中翻译了另一个类似的概念——隐喻（参见特伦斯·霍克斯《论隐喻》）。这是个更好的诗学术语。人类的诗歌，不论古今中外，"没有隐喻就没有诗"。隐喻是诗歌区别于其他文体的最主要、最明显的特征。比如"桃之夭夭，灼灼其华"，不只是比喻新嫁娘之美艳如桃花绽放，更是隐喻婚嫁的场景、参与者的心情意绪、眼前和未来的日子。柳宗元"千山鸟飞绝，万径人踪灭。孤舟蓑笠翁，独钓寒江雪"，二十个字隐喻了太丰富的人类意思：失意伤感、寻觅等待、孤独高傲、清高自持、对人生际遇和境界的思考忖度，等等。

其实，作为诗歌表现手法的"兴"，只是孔子诗学中"兴"的部分含义，侧重于对生命感动的诗化叙说方式，"兴"得越好，感染力越强。

而孔子诗学之"兴"，首先是创作思维过程，包括心情意绪的酝酿、具体艺术形象、艺术语汇、艺术结构的创意。这只是"兴"的成诗阶段。而阅读接受阐释阶段，则是"兴"的社会扩散阶段。好的诗歌可以感染接受者的心情意绪，可以使人从诗歌鉴赏中获得一种美的享受、情的感染、理的启迪。

孔子说的"兴观群怨"，都是着眼于诗歌的社会功能。

刚刚在《中华诗词》杂志荣获"感动中国2020年度人物"称号的叶嘉莹先生，一生研习诗词，传播诗词，写作诗词，致力于以诗育人。从二十世纪七十年代到九十年代，她提出并不断申说"兴发感动"的诗学理论，虽然仍是孔子"兴观群怨"说的承续，但叶先生融入了现代阐释学和接受美学的理论因素。1997年，河北教育出版社出版《迦陵论词丛稿》，叶先生写了《古典诗歌兴发感动之作用》代序。她说：

诗歌之所以为诗歌，在本质方面原是一直有着某些永恒不变之质素……我在经过了多年的批评实践之后，终于在后来提出了一个较明确的说法，那就是"诗歌中兴发感动之作用"……我是认真地在探求着诗歌中这种兴发感动的生命，而且诚实地说出了自己的感受……透过自己的感受把诗歌中这种兴发感动的生命传达出来，使读者能得到生生不已的感动，如此才是诗歌中这种兴发感动之创作生命的真正完成。

她在这篇代序文中回顾了自己二十年前在《境界说与传统诗说之关系》一文中提出"兴发感动之作用，实为诗歌之基本生命力"。诗人感发生命的两大来源是自然和人事，而表达生命感受的三种最基本方式是"比""兴""赋"。

她的合作者缪钺先生在《〈迦

陵论诗丛稿〉题记》中解释"兴发感动"理论：

> 叶君以为人生天地之间，心物相接，感受频繁，真情激荡于中，而言词表达于外，又借助辞采、意象以兴发读者，使其能得相同之感受，如饮醇醪，不觉自醉，是之谓诗。故诗之最重要之质素即在其兴发感动之作用。诗人之情，首贵真挚，其所感受之对象，大之国计民生，小之一人一事，一草一木，苟有真情，即成佳作，否则浮词假象而已。诗人之感受，最初虽或出于一人一事，及其发为诗歌，表达为幽美之意象，则将如和璧隋珠，精光四射，引起读者丰融之联想，驰骋无限之遐思，又不复局限于一人一事矣。此种联想又应具有"通古今而观之"之眼光，因此，评赏诗歌者之能事，即在其能以此"通古今而观之"之遐思远见启发读者，使之进入更深广之境界，而诗歌之生命遂由此得到生生不已之延续。此种灵心慧解实为善读诗与善说诗者应具之条件。叶君论诗之要旨大抵如此。

简言之，叶先生"兴发感动"的诗学理论实与孔子"兴观群怨"之说一脉相承，但其独特之处在于特别强调诗歌对读者的兴发感动，这是现代阐释学、接受美学、认知心理学、认知叙事学都特别重视的理念。

没有感动就没有诗。古往今来的好诗都具有感动人心的品质。读者阅读前人的诗歌，必须读懂作者的兴发感动，才能引发自己的生命感动。比如阅读李白的《将进酒》，须知作者表面说的是人与酒的关系，实际是在阐释乐生哲学，个体生命在有限的生存过程中，什么最重要呢？快乐！与快乐相比，金钱富贵圣贤名利等都是次要的。

当然，并不是每一首诗词作品的创作都源于生命之感动，并不是每一首作品被阅读都会引发生命感动，即便是阅读经典诗词，也未必都能引发生命感动创作和阅读都是复杂的、因人而异的个体思维活动。

重要的是，从作者到读者，从用诗词写生命之感动，到引发读者生命之感动，全部的过程都需要优秀——优秀的作者、优秀的作品、优秀的读者。

叶先生的学术生涯、教育生涯、诗者生涯，深蕴着优秀的人文质素。无论是研究诗词，还是讲解诗词，或是写自己的诗词，她一直都在比较优秀的层次上努力诠释诗词与生命之感动的问题。

比如她对晏殊《珠玉词》的研究

和解读。《迦陵论词丛稿》中有《大晏词的欣赏》一文，概括指出《珠玉词》的四个特点：

第一是情理交融。比如《浣溪沙》："满目山河空念远，落花风雨更伤春。不如怜取眼前人。"念远、伤春、怜取三义，情远而理实。

第二是闲雅情调。大晏词正有着这一份雍容富贵的风度。而这一份风度，在我国诗人的作品中，是极为罕见的。比如那首《清平乐》："金风细细，叶叶梧桐坠。绿酒初尝人易醉，一枕小窗浓睡。紫薇朱槿花残，斜阳却照阑干。双燕欲归时节，银屏昨夜微寒。"这首词表现的只是在闲适的生活中的一种优美而纤细的诗人的感觉……那是一种美而纯的诗感。

第三是伤感中的旷达。比如《采桑子》："时光只解催人老，不信多情，长恨离亭，泪滴春衫酒易醒。梧桐昨夜西风急，淡月胧明，好梦频惊，何处高楼雁一声。"感伤人生易老，结尾"却结得如此超脱高远"。

第四是写富贵而不鄙俗，写艳情而不纤佻。前者如《浣溪沙》："小阁重帘有燕过。晚花红片落庭莎。曲栏干影入凉波。"《踏莎行》："翠叶藏莺，朱帘隔燕，炉香静逐游丝转。"后者如《破阵子》："多少襟怀言不尽，写向蛮笺曲调中，此情千万重。"

晏殊诗词中的兴发感动，显然得到了叶嘉莹的理解。虽然晏殊是太平社会的宁馨儿，是富贵优雅的宰相，而叶先生则是从战乱时代长大的平民学者，但叶先生对晏殊优雅的精神世界和艺术世界特具会心。或许应该说，叶先生与晏殊的性情气质一样是偏向雍容优雅的。叶先生对晏殊的解读，对普通读者又是一番比较深致准确的优雅引导。

知人论世，一直是学术研究的重要基础。叶嘉莹解读诗词，十分注重作者及其所处时代。晏殊长期身居高位，写过许多祝颂之词，引起后世研究者的许多非议。叶嘉莹说："这些词在《珠玉词》中自非佳作。然而我却以为若以大晏之此类作品，与其他一般人的祝颂之作相较……绝没有明言专指的浅俗卑下之言。他只是平淡然而却诚挚地写他个人的一份祝愿……不但闲雅富丽，而且更有着一份清新之致。"

晏词《山亭柳·赠歌者》结尾云："若有知音见采。不辞唱遍阳春。一曲当筵落泪，重掩罗襟。"晏殊被那位"家住西秦"的歌者感动了，他词中的表达是人类渴望知音理解的共情，感动了千年后的读者叶嘉莹，叶先生的解读继续感动着读者。

善于理解和解释经典诗词的学者，在自己创作诗词时，当然比才疏学浅的作者更有优势。叶先生一生写作诗词，其《迦陵诗词稿》（增订版）2007年由中华书局出版，其后多次印刷。这是叶先生一生饱经忧患的真实记录，是她生活和工作随时随地的兴发感动。

缪钺教授为之作序云：

叶君论诗词，极重感发兴起之功。夫感发兴起之功，由于作品中之真情实感。叶君具有真挚之情思与敏锐之观察力，透视世变，深省人生，感物造端，抒怀寄慨，寓理想之追求，标高寒之远境，称心而言，不假雕饰，自与流俗之作异趣。

缪先生特拈叶氏三词简评曰：

《蝶恋花》（"倚竹谁怜"，1952年春作于台南）词婉约幽秀……《水龙吟》（"满林霜叶"，1978年在温哥华作）词感慨时艰，渴望祖国统一……《瑶华》（"当年此刻"，1988年在北京作）词抚今思昔，感念人生，融合佛家哲理……

1977年，叶嘉莹因"旅途有闻而作"《采桑子》二首云："我生一世多忧患，惆怅啼鹃。长恨无边。逝水东流去不还。"多忧患的诗人必多生命之兴发感动，比如她写于1950年的《转蓬》诗并长序云：

一九四八年随外子工作调动渡海迁台。一九四九年冬长女生甫三月，外子即以思想问题被捕入狱。次年夏余所任教之彰化女中自校长以下教员六人又皆因思想问题被拘询，余亦在其中。遂携哺乳中未满周岁之女同被扣留。其后余虽幸获释出，而友人咸劝余应辞去彰化女中之教职以防更有它变。时外子既仍在狱中，余已无家可归。天地茫茫，竟不知谋生何往，因赋此诗。

转蓬辞故土，离乱断乡根。已叹身无托，翻惊祸有门。覆盆天莫问，落井世谁援。剩抚怀中女，深宵忍泪吞。

读此序与诗，谁不感动？从作者到读者，这样源自生命之感动的作品，对人类具有永远的感动力。

1974年，叶先生第一次回国探亲，她写了五百多句的七言长诗《祖国行长歌》："卅年离家几万里，思乡情在无时已。一朝天外赋归来，眼流涕泪心狂喜……家人小聚终须别，游子空悲去路遥。长弟多病最伤离，临行不忍送登机……"既纪行，又抒写心情，质朴真实，与杜甫《北征》《自京赴奉先……》诸诗相类。

《一九七六年三月廿四日长女言言与婿永廷以车祸同时罹难日日哭之陆续成诗十首》，其一：

噩耗惊心午夜闻，呼天肠断信难真。
何期小别才三日，竟尔人天两地分。

其三：

哭母鬓年满战尘，哭爷剩作转蓬身。
认知百劫余生日，更哭明珠掌上珍。

诗句传达出锥心的伤恸，感动一切读者。

《迦陵诗词稿》出版于2007年，其后，叶先生时有诗词新作。2015年，叶先生已逾春秋九秩，这时的她是如何用诗词表达自己内心的兴发感动呢？《水龙吟》词并序云：

2015年秋，南开大学迦陵学舍落成，北京恭王府友人移植府中瞻霁楼前之海棠二株相赠。瞻霁楼者，我昔年在辅大女校读书时女生宿舍之所在也。怅触前尘，感赋此词，并向恭王府友人致感谢之意。

迦陵学舍初成，迎来王府双姝媚。长车远送，良辰共咏，桃夭归妹。沽水萦回，燕云绵渺，意牵情系。想古城旧邸，南开新寓，身总在，黉宫里。　　老我飘零一世。喜余年、此身得寄。乡根散木，只今仍是，当年心志。师弟承传，诗书相伴，归来活计。待海棠开后，月明清夜，瞻楼头霁。

历尽劫波，老人似乎心静如水了，但她说"乡根散木，只今仍是，当年心志"。当年的心志是什么呢？了解其生平的人都知道，那就是她终生秉持的家国情怀、诗词意趣。她一如既往地讲诗词、吟诵诗词、写作诗词，用诗词感动中国，感动人类。

从古到今，从孔子诗学到叶嘉莹诗学，从古典诗词到当代诗词，若不能感动生命，那一定不是优秀的诗词，一定是缺乏生命力的诗词。

点睛之笔

古典诗歌中的"空镜头"

陶文鹏

电影艺术中有所谓"空镜头",是一种没有人物、只有景物的画面。这种描写性、再现性的镜头,或写景,或状物,通过烘托、渲染、比喻、象征等手法寓情于景,借景抒情,表现人物的感情、情绪,营造不同的环境氛围,创造出视象鲜明、饶有弦外之音的意境。而在中国古典诗歌中,也有大量类似电影"空镜头"的写景画面,常常在叙事抒情的段落间插入,更多地置于诗歌的结尾,借以烘托、渲染、暗示人物的内心世界,使抽象的感情化作生动鲜明的视觉形象,成为诗人们创造含蓄隽永、耐人寻味的意境的一种重要的艺术手段。

不觉碧山暮,秋云暗几重

这是唐代诗人李白的五律《听蜀僧濬弹琴》的尾联。全篇写他听蜀地一位法名叫濬的和尚弹琴。诗的前三联是:"蜀僧抱绿绮,西下峨眉峰。为我一挥手,如听万壑松。客心洗流水,余响入霜钟。"这位蜀僧抱着汉代司马相如用过的"绿绮"那样的名琴,飘然从峨眉山下来,为我挥手弹琴。琴声清越宏远,使我好像听见了万壑松涛的澎湃之声。琴声又如澄澈的流水,洗净了我心中的尘世杂念;它的余音,和薄暮时分山寺里的钟声融合在一起。这三联用比喻("如听万壑松"）、典故（"客心""霜钟"）、衬托（"霜钟"）等手法，表现出琴师的不凡气度、琴声之高妙、诗人听琴时的感受，以及弹者与听者之间的感情交流。诗人运笔自然洒脱，一气贯注，又凝练含蓄，已显示出过人的才华。尾联紧接着颈联的"余响入霜钟"，推出一个写景的"空镜头"：他听琴入神，不觉向晚，但见四周的青山翠峰，已经笼罩上一层苍茫的暮色；灰暗的秋云重重叠叠，布满了天空。这一个展现山暮云深的空镜头，表现了诗人陶醉于琴声之中而不觉时间的流逝，描状出诗人从梦幻般美妙的音乐境界中突然惊醒过来时那种畅快愉悦又怅然若失的心情。而且又诱发读者的遐思逸想，使人感到那深广、迷蒙的碧山暮云之中，仍然萦绕着蜀僧清越宏远的琴音。

山回路转不见君，雪上空留马行处

这是唐代诗人岑参的七言歌行名篇《白雪歌送武判官归京》的结尾两句。全诗生动地描绘了边塞雪天瑰奇壮丽的风光，表现了唐代边防将士艰苦卓绝的爱国精神。全诗将送别与咏雪巧妙地结合在一起，分别写送别前之雪、饯别之雪、送行时之雪、送别后之雪。结尾抒写雪中送别友人武判官归京的情景。"轮台东门送君去，去时雪满天山路。"大雪纷纷扬扬，铺满了天山下的道路，其难行可想而知。然而友人依然跨马启程。诗人冒雪目送友人远去，直到"山回路转"，人已无法望见。结句，诗人把笔触从写自己和行人移向写景，推出了一个特写的景物"空镜头"——漫天雪花飘舞，边地一片寂静；而在白皑皑的雪地上，清晰地留下了两行马蹄印迹，一直延伸向远处。这个没有人物、没有声音的景物空镜头，巧妙地表现出诗人长久伫立在雪地上、凝望友人留在雪上的马蹄印迹的形象，从而使人深深地感受到诗人惜别友人时的怅然心情。两行马蹄印，深情蕴其中，令人品味不尽。

数家砧杵秋山下，一郡荆榛寒雨中

这是唐代诗人韦应物的七绝《登楼寄王卿》的后一联。诗写登楼、怀友之情。前一联："踏阁攀林恨不同，楚云沧海思无穷。"开门见山，直抒胸臆：昔日，他同王卿曾携手登楼，纵目远眺；并肩攀山，寻幽探胜。如今，王卿已经远去楚地，自己还滞留在海边的州郡，遗憾不能与友人一同攀林踏阁，只能遥望楚云，对友人无限思念。这一联用"二二三"句式和句中自对手法，使绵绵离恨和茫茫愁思流荡在舒徐的节奏之中，高度概括了诗的主题，定下了抒写离情的调子。三、四句写景，景中寓情。而所写的景色，正是作者登楼时的所闻所见。"砧杵"是捣制寒衣用的垫石和棒槌，"荆榛"泛指高矮不等的杂树。这两句说：在萧瑟的秋风中，传来山下几家人零零落落的砧杵声；迷蒙的秋雨笼罩着整个郡城，只能隐约看到一片丛林灌木。这一幅烟雨郡城图，正是诗人精心设计的一个配以凄凉砧杵声的空镜头，既真切地展现了眼前的实景，又含蓄不露地传达出诗人对朋友的怀念及由此引起的惆怅、孤寂之情，使读者的眼底心头也仿佛被雨幕风帘般的愁思笼罩。也正由于诗人"先叙情，后布景"，在诗的后半幅推出了一个渗透了离愁别恨的景物空镜头，此诗才有含蓄蕴藉的韵味。

孤灯寒照雨，湿竹暗浮烟

这是唐代诗人司空曙的五律《云阳馆与韩绅宿别》的颈联。云阳，县名，在今陕西泾阳县西北；馆，驿馆，即今旅店；韩绅，一作韩升卿，疑即韩愈的四叔韩绅卿，与司空曙同时，曾任泾阳令。这首惜别诗，首联"故人江海别，几度隔山川"，写上次别后，已历数年，山川阻隔，相会不易。次联"乍见翻疑梦，相悲各问年"，写此次久别初见，又惊又喜，反疑是梦；随后又喜极生悲，互问年龄，彼此感叹岁月淹忽，人生易老。这一联状写久别倏逢的心情意态，真切传神，成为传诵的名句。尾联"更有明朝恨，离杯惜共传"，写二人即将再次离别，举杯劝饮，珍惜情谊，恋恋不舍。而在颔联与尾联之间，诗人揳入了"孤灯""湿竹"景联。这是一个用得极精妙的"空镜头"。镜头里展开一幅凄凉暗淡的景物画面：寒夜里，一盏孤灯，映照着窗外蒙蒙夜雨；湿漉漉的竹林深处，飘浮着浓云烟雾。这个空镜头的妙处是：第一，它为两位友人的久别重逢与再次惜别营造了一个真切生动、历历可见的典型境像和氛围，避免了全篇只是抒情叙事的单调；第二，它用避实就虚的手法，借景物暗示二人深夜在馆中灯下叙谈的情景，省略了不少笔墨；第三，它借描写眼前景物，渲染、映衬出二人惜别时悲凉、暗淡、伤感之情，又借自然景物象征人生的浮游不定。从这个角度看，它又是以实写虚，用实景虚写世事人情，从而拓宽、加深了诗的意境。

君问归期未有期,巴山夜雨涨秋池

这是唐代诗人李商隐在巴蜀任职期间寄赠长安亲友的七绝名篇《夜雨寄北》的首联。首句写他在秋雨淋淋的夜里,独对孤灯,思念远隔千里的亲友,以至在想象中同他们对话。诗人先虚拟对方询问自己何时归来,再向对方遥吐归期无日的心曲。一句之中,一问一答,中间有一个曼声吟哦、黯然神伤的停顿,已透出对亲友的深切思念与自己不得归的愁苦。次句描写想象中室外夜雨涨满秋池的情景。在一句中写了巴山、夜、雨、秋、池等五种物象,而用一个动词"涨"绾结,不仅点明了时间、地点和自己的处境,而且营构出一个情味浓挚、包蕴丰富的境象氛围。我们不只是看到了秋天的巴山夜雨使池水满涨起来的实景,更感觉到诗人客居异地的孤寂凄寒,对友人的深长思念及郁积心底的种种愁思,似乎也都随着淅淅沥沥的单调雨声暗暗涨满了秋池。因此,诗人撷入的这一个景句,宛如电影中的一个"空镜头",画面中的景象渗透着孤寂、凄清、寒冷、萧瑟的意味。景中没有人物,却渲染出真实的环境氛围,烘托了人物愁苦的情绪。诗中有了这样一个鲜明具体而又意在象外的景物镜头,诗的虚实搭配十分谐和,诗情和画意水乳交融。清人屈复评此诗:"即景见情,清空微妙。"(《玉溪生诗意》)这个"巴山夜雨涨秋池"的空镜头确实具有"清空微妙"的艺术魅力,乃至成为古往今来羁旅愁思的象征。

(转载自《点睛之笔:陶文鹏说诗》,江苏凤凰出版社2019年版)

名家说诗

守望风雅

郑欣淼

国务院原副总理马凯同志十分重视中华诗词事业的发展。第四届"诗词中国"传统诗词创作大赛颁奖典礼决定于2019年9月在西安西周丰镐遗址举办，我与"诗词中国"的组织者包岩女士向他汇报工作并请他为这次活动题诗，他很高兴地写了一首七绝："缘何风雅领风骚，味厚情真品自高。悦耳小童脱口诵，兴观群怨待新潮。"马凯同志还写道："从《诗经》发端，中华诗词事业源远流长，生生不息，继往开来，大有希望。"

马凯同志的题诗突出了风雅的意义，给我很大启发。我今天演讲的题目就以"风雅"作为主题词。《诗经》是华夏文学诗词之源与经典，"风雅"一词来自《诗经》的《国风》《大雅》《小雅》，既指代《诗经》，并具有了诗文方面的特定含义及高贵、典雅指代的多重意义。我这篇演讲中的风雅有两种含义：一是自诗经开始的古老的诗歌传统，二是中华民族特有的诗性思维和诗意人生态度。"守望"一词出自《孟子》，我这里采用的是守护瞩望的意思。

一、在《诗经》诞生地与风雅的心灵对话

这次大赛颁奖典礼安排在丰镐遗址，是有深意的。

丰镐是西周的都城。商朝末年，在西方诸侯之长周文王的带领下，周的势

力日益强盛。周文王灭"崇"（位于陕西关中）后，便在沣水西岸营建丰邑（今西安西南），将都城从岐周迁至于此，即《诗经·大雅·文王有声》所载："文王受命，有此武功。既伐于崇，作邑于丰。"文王去世，武王继位，又在沣水东岸建立了镐京，即《诗经·大雅·文王有声》所载："考卜维王，宅是镐京。维龟正之，武王成之。"镐京也称"宗周"，简称"周"。二都中间仅隔沣水，相去不过10公里左右。

自武王建都镐京后，丰邑继续使用。丰邑是宗庙和园囿的所在地，镐京为周王居住和理政的中心，合称丰镐。西周早、中期，诸王及大臣常居丰邑处理国家大事。这有不少铜器铭文做证。而镐京为西周都城，自武王至周幽王被犬戎攻杀、平王东迁洛邑，凡十二王，其间虽发生过穆王、懿王、厉王的徙都或出奔，均为临时出居。在三百余年间，丰镐一直是西周王朝政治、经济、文化中心。丰镐两京的遗址面积总计近17平方公里，是一个巨型都城遗址，其内涵十分丰富。

公元前11世纪周朝的建立，并不只是后世那种中国历史上常见的朝代递嬗，而且是整个文化体系与政治秩序的重新组合。周文化以理性精神和礼乐文化为基本内容，敬天命、尊祖先、喜事功、讲实用、重历史、尚理性，从此奠定了中国文化系统的一些基本特色。作为礼乐文化创造者的故乡，丰镐见证了它的诞生和完善的发展进程。同样，《诗经》不仅反映了这种礼乐文化精神，与丰镐更有着直接的关系。

《诗经》是中国第一部诗歌总集，简称《诗》，或称"诗三百"。西汉时期将它正式奉为垂教万世的经典，才称为"诗经"，并沿用至今。《诗经》收录了自西周初期至春秋中叶（约公元前11世纪至前6世纪）大约500年间的诗歌305篇，分为《国风》《雅》《颂》三大部分。其中的《国风》是15个诸侯国的土风歌谣，共160篇。《雅》是西周王畿地区的正声雅乐，共105篇，又分大雅和小雅。《颂》是统治阶级宗庙祭祀的舞曲歌辞，又分"周颂"31篇，"鲁颂"4篇，"商颂"5篇，共40篇。另有6篇只存篇目。

《诗经》作品的来源，主要是通过"采诗"与"献诗"制度搜集的。古籍记载周朝廷设采诗之官，称"行人"或"遒人"，这些人每年孟春之月，就摇动着"木铎"，即一种铜质木舌的铃铛在路上巡游，采集老百姓随口而唱、发自心声的歌谣以献给乐官，由其配好音律，再演唱给周天子听，供天子了解民情风俗、政治得失。事实上，《诗经》所涉题材很广泛，有许多反映普通百姓生活的作品，如果没有采诗制度，它们恐怕很难进入《诗经》。

又据文献记载，周朝还有献诗制度，即公卿士大夫有目的地作诗，在一定场合献给王者，意在"补察其政"。在《左传》《国语》中，我们还能看到大臣对君主以诗相谏的事例。《诗经》有相当一部分作品是大臣为讽谏君主而作并且献给朝廷加以保存，后来就编入了《诗经》。这类作品多是批判朝廷时弊的怨刺诗，有的相当辛辣尖锐，被儒家称为"变雅"，当然还有"变风"，认为这是乱世的产物。

《诗经》作品来自多个渠道，它的选录、结集，是由周王朝的乐官完成的。成书后的《诗经》，许多地方留下了乐官采录编选的痕迹。据研究，《诗经》的采录和编辑也不是一次完成的，而是经历漫长的时段，反复进行了多次。通过引诗、赋诗发展轨迹的记载推断，至迟在西周穆王时期，《诗经》已经有早期的传本，它的最终编定，则是在季札观乐之后，应在春秋晚期。（参阅李炳海著《中国诗歌通史·先秦卷》，人民文学出版社，2012年版）

以上说明，丰镐二都是《诗经》的重要诞生地。不仅如此，还应看到"秦声"在《诗经》中的地位。

"雅"诗占到《诗经》的三分之一。"雅"和"风"一样，是一种乐歌名，是朝堂宴飨和宗庙祭祀的乐歌，在西周礼乐文化中有着极为重要的地位。对"雅"的解释是有歧义的。一般认为，"雅"即"正"。周、秦同地，在今陕西省。"雅"又与"夏"通。周王畿一带原为夏人旧地，周人时常也自称夏人。王畿为政治文化中心，其言称正声，又称雅言，意谓标准音、"普通话"。相对于地方乐而言，当时宫廷与贵族所用乐歌即为正声、正乐，这反映了当时的尊王观念。这种王畿之乐其实正是秦地的乐调，即秦声。对于秦声，李斯在《谏逐客书》中曾这样形象地描述："夫击瓮叩缶，弹筝搏髀，而歌呼乌乌快耳者，真秦之声也。"至于雅乐的大、小之分，或与音乐之不同和产地、时代之远近有关。

《诗经》中的周代陕西诗歌，包括《周颂》全部，"二雅"的绝大部分，"十五国风"中的《秦风》《豳风》，以及《召南》《周南》中的一部分诗歌。计有风诗30篇，雅诗101篇，颂诗31篇，共160余篇。这些乐调体现的是王朝正声，即秦声。《诗经》中的周代陕西诗歌，不仅占数量上的半壁江山，而且是《诗经》的主体。这一切都与当时陕西的特殊地位尤其是曾为先进文化的周文化密切相关。

例如，《小雅·采薇》和《秦风·蒹葭》被公认为《诗经》中的双璧，经典中的经典。《采薇》中的"昔我往矣，杨柳依依；今我来思，雨雪霏霏"，《世说新语·文学》载，当年谢氏家族品评《诗经》名句，谢玄即推此四句为《诗经》之最佳名句。而《蒹葭》（蒹葭苍苍，白露为霜，所谓伊人，在水一方）一诗，王国维认为"最得风人深致"（《人间词话》）。

离现在已3000多年的《诗经》，是中国文学的光辉起点，对此后的中国诗歌发展产生了长远而深刻的影响。这种影响，既有它的抒情特色，也有"赋""比""兴"的表现手法，更重要的是它的现实性特征。《诗经》中的作品除少数篇章外，其他都是以现实生活为题材，"饥者歌其食，劳者歌其事"，其抒情写志都是从日常生活、日常经验中生发出来，表现着鲜明的现实性特征。《雅》与《国风》中那些直面现实政治，批判统治者举措失当和道德败坏的诗篇，尤其反映出诗人们积极地面对现实、关注国家命运、注重民生疾苦的严肃创作态度。《诗经》开创的这种立足于人生与现实的"风雅"传统，深刻地影响着中国诗史。它被当作一种标准不断纠正着后来诗歌创作中情感浅浮、流于游戏或唯美主义的创作倾向，使诗歌发挥出它的社会功能。

我们现在所处的是建在丰镐遗址上的"诗经里"小镇。"诗经里"的建设以《诗经》文化为魂，将《诗经》所涉及这块土地上的风物、民俗、音乐、人物，都转化为现实的景观和建筑。漫步在西安沣滨小镇诗经里，走访国风广场、鹿鸣食街、关雎广场、小雅书社等用诗经命名的地方，到处诗意满满，诗经文化、诗经元素就这么美好地呈现在我们面前。特别是昨晚颁奖典礼以《诗经》为主题的文艺演出，分别围绕闾巷情歌、王畿宴歌、宗庙乐歌进行的"风""雅""颂"主题演绎，显示了中国诗歌源头的独特魅力。一个个充满古典情怀的节目，仿佛穿越几千年的时光，让我们充分领略桃之夭夭、在水一方以及维叶萋萋、黄鸟于飞的美好意境，感受到西周王朝古朴大气的审美风格和吟风诵雅的礼乐文化。这也是我们与风雅的一场心灵对话。

说到这里，大家就明白，这次"诗词中国"颁奖典礼为什么要选择在西周丰镐遗址举办。因为这里是《诗经》诞生的地方，是我们诗词文化的原乡。回到《诗经》故里，回到诗歌诞生的地方，这次活动实在是实至名归；同时，也是表达我们的一种意愿，是一个宣示，即要永远继承风雅传统，弘扬中华诗词文化。

二、风雅弦歌中延续中华诗脉

中国古代丰富的诗歌遗产至今仍是传统文化中最受人关注和喜爱的部分，而且中华诗脉从未中断，历经厄运后又逐渐复苏。三十多年前，中华诗词学会应运而生，同时各级、各个行业诗词组织大量涌现，2011年隶属于国务院参事室、中央文史研究馆的中华诗词研究院成立，这些都是中华诗词事业蓬勃发展的反映，也是中华诗词旺盛生命力的体现。社会主义文化大发展、大繁荣，中华诗词的发展与繁荣应是题中之义。

中华诗词事业有着丰富的内容，它不只是关于当代人如何写传统诗词，还包括诗歌遗产的继承、诗教的发展、吟诵演唱的开展、诗书画的结合等。诗歌遗产的继承是中华传统文化继承的极为重要的方面，诗歌在人文素质培养中的教育功能历来为社会所重视，吟诵是中国人学习和传承传统文化的独特方式，诗书画结合则是中国文化艺术的特有形式，具有独特的魅力。

风雅是中华传统文化的重要组成部分。中华诗词文化反映了中华民族的创造和智慧，蕴含着天人合一、包容开放、平衡节制、中庸仁和等一系列优秀的精神财富。纵观古今，那些经受了历史检验的经典诗词作品，都包含着对时代问题的探询、对现实人生的观照、对社会生态的考察、对历史大势的深思；又无一不是以真求美、以质修文、以现实的深度赢得艺术高度的。正是它们，绵延不断、前后接续，形成了一部独特的社会文化史，动态地提升着一个民族的人文精神。也正是它们，不断地向后来者重申着诗词创作的根本要求：根植人民，观照时代，无愧历史，面向未来。

"诗言志"是中国古典诗学的重要理论，具有纲领性和里程碑的意义。《尚书·尧典》最早提出了"诗言志"的论点。于是，先秦时期"必称诗以喻其志"的文化习俗成为上流社会公卿交往的标志性存在，"赋诗言志"也成为士大夫和文人墨客之间的一种艺术时尚。这种"志"并非诗人本身才华、性情和意志的表现，而是在儒家思想影响下所培养出来的那种修齐治平的政治抱负和理想才能的真实流露。诗的原则是"怨而不怒,哀而不伤","发乎情"而又"止乎礼义"。诗的主旨是满足"上以风化下,下以风刺上"的社会需求。

"诗缘情而绮靡"则是晋人陆机《文赋》中的经典语录。他明确了诗人的内在情感作为创作主体的文学作用,使个人情感自此摆脱了从属地位而成为诗歌的重要内容。陆机提出"颐情志于典坟","心懔懔以怀霜,志眇眇而临云"的主张,都强调诗词作品怡情悦性的主要功能,他把诗人的情感建立在对客体的审美观照之上,使之成为一种韵味无限的审美情趣。

明志言情乃为诗,志与情都是中国古典诗学的重要概念。"志"偏重在礼俗政教,它受人的思想观念的支配,带有很强的社会功利性。而"缘情说"打破了情感要遵循于"理""道"的传统,确立了情感在诗中独立的本体地位,使诗从政教功利的教化工具转为个体生命的歌唱。其实志与情也不是一成不变的,它在很多时候是互相转化、互相渗透的。情志统一、以情明志、以文达意也是诗人常用的表现手法。《礼记·乐记》和《毛诗大序》,都曾提出美刺谏讽说,充分阐明了"六义"(风、雅、颂、赋、比、兴)的真义,情与志的进一步融合构成了诗词作品的美学特征。

千百年来,言志抒情就是诗人词家们表达意志、抒发情感的重要手段。诗词言志抒情在当下的意义取决于当代诗人的精神生活及诗词在当代文化建设中的重要作用。在中国社会的整个发展进程中,传统诗词对整个社会文化的影响是极为深刻的。由言志缘情带来的古典诗词艺术,其审美价值之高,社会需求之广,都已无须论证。作为传统诗词的主要表现手法,它在人们鉴赏诗歌、陶冶情性及各种文学创作中仍有其不可替代的作用。也就是说,当代诗词的创作和鉴赏仍然离不开言志和缘情这个范畴。从毛泽东、叶剑英、董必武、陈毅到柳亚子、郭沫若、赵朴初、聂绀弩、李汝伦、刘征、霍松林等现当代诗人的作品,无一不是言志缘情的有机结合和生动体现。面对科技社会的迅速发展、国内外形势风云变幻、市场经济的激烈竞争和多元文化的不断冲击,人们有太多的志趣需要表达,有太多的情感需要抒发,有太多的压力需要释放,于是言志缘情的中华诗词便成为人们调适心灵、寄托情感的最佳载体。中国传统文化这种温厚丰富的精神资源,言志缘情这种精美绝伦的艺术表达,已成为当下人们理想的精神家园。随着传统文化的进一步回归,随着人们对经典阅读的渐次深入,言志缘情的中国传统诗词会在未来的岁月里绽放出更加灿烂的光华。中华诗词这一文化瑰宝也必将担负起更加重大的职责，为中国梦的伟大壮举放声歌唱。

三、风雅在兴观群怨中焕发美学力量

秦始皇焚书坑儒的事大家都知道。《史记·秦始皇本纪》记载，始皇三十四年（前213），秦始皇下令：除非博士官所职掌，天下敢有收藏《诗》《书》、诸子百家著作的，统统送交地方官一并烧掉。具体规定相当严酷：有敢于两人谈论《诗》《书》的，要处死，借古非今的，灭族；官吏知情而不检举的，同罪；命令下达三十天不烧书的，处以黥刑，充军边境，夜筑长城，昼侦敌情。所不烧的书，是医药、占卜、种植之类。我们会感到很奇怪，秦始皇为什么首先要没收、焚烧《诗》？这说明《诗》的流传不利于他的专制统治，说明《诗》是有力量的。在秦始皇看来，这种精神的力量简直比千军万马还可怕！

孔子说过："小子何莫学夫诗？诗可以兴，可以观，可以群，可以怨。"《诗》的力量来自兴观群怨。

今天，兴观群怨仍然是中华诗词社会价值与精神力量之所在。马凯同志在题诗里特别提出"兴观群怨待新潮"，很有意义。风雅流传，需要对兴观群怨做出现代的阐释。

兴，有振兴、复兴、兴起、兴替、兴隆、兴旺、兴盛诸义。而诗之兴则可以弘扬正气，激发斗志，振奋精神，培养品格。爱国主义精神一直是中华诗词的主旋律和重要内容。"亦余心之所善兮，虽九死其犹未悔"（屈原《离骚》）、"人生自古谁无死，留取丹心照汗青"（文天祥《过零丁洋》）、"寄意寒星荃不察，我以我血荐轩辕"（鲁迅《自题小像》）、"拼将十万头颅血，须把乾坤力挽回"（秋瑾《黄海舟中日人索句并见日俄战争地图》）等等，这些气壮山河的优秀作品充分体现了诗人的远大理想和浓烈的爱国情怀，激励着一代又一代中华儿女在祖国危急时刻奋不顾身、勇赴国难。改革开放以来，神州大地欣欣向荣，气象万千。诗坛生机勃勃，春意盎然。一批讴歌主旋律、反映新时代的诗词作品应运而生，热情地歌颂了华夏子孙为了实现伟大的中国梦而不懈努力的奋斗精神，描绘了改革开放以来的辉煌成就和人民群众安居乐业的美好生活。

观，是通过客观事物表象的观察，洞悉事物的本质、了解事物的内在规律，从而提高人们的辨识能力和感知能力。《毛诗大序》说："正得失，动天地，感鬼神，莫近于诗。"古往今来，前辈大贤都是在观察物象、体察时政、了解民情中获取信息、吸取教益的。如"欲穷千里目，更上一层楼"（王之涣《登鹳雀楼》）、"横看成岭侧成峰，远近高低各不同"（苏轼《题西林壁》）等，都是诗人通过对日常生活的细致观察、总结自我经验体会所悟出的人生真谛，所探求的事物发展规律。

群，有集聚、凝聚、汇聚之意。"故近者聚而为群。"（柳宗元《封建论》）中华诗词自古就有凝聚感情、汇集人心、团结大众的作用。它可以鼓舞斗志、激发豪情，为一个共同的理想或愿望而舍生忘死，奋勇当先。如《诗经·秦风·无衣》的"岂曰无衣，与子同袍。王于兴师，修我戈矛，与子同仇"，展现的是万众一心、同仇敌忾的冲天豪迈。清末维新志士谭嗣同面对丧权辱国的《马关条约》，写下了"四万万人齐下泪，天涯何处是神州"的慷慨悲歌。读来忠愤满纸，字字血泪，给人以极大的心灵震撼和生命认同。这些作品所具有的强大凝聚力，同样会使人们在共同命运上形成共识。

怨，有怨恨、责备的意思。落在诗词之中，就是借用辛辣讽喻之手法，鞭挞丑恶，针砭积弊，谴责社会不良现象，起到除恶扬善、惩前毖后的作用。古人在这方面有过很多成功的范例。如宋代林升所作的《题临安邸》："暖风熏得游人醉,直把杭州作汴州！"诗中抒发作者对那些忘记"故国"之人的感慨和怨愤。一首诗把那些纵情声色的达官显贵的精神状态刻画得惟妙惟肖，跃然纸上。结尾"直把杭州作汴州"，是直斥南宋当局忘了国恨家仇，把临时苟安的杭州简直当作了故都汴州。辛辣的讽刺中蕴含着极大的愤怒和无穷的隐忧，入木三分，令人深思。而唐人王昌龄《闺怨》的"忽见陌头杨柳色，悔教夫婿觅封侯"，则是怨之手法在诗中绽放的另一奇葩，读来别有情趣，发人深思。

诗词的兴观群怨有着极其深刻的精神内涵，弘扬诗词的兴观群怨可以从不同层面、多角度、大视野地观察社会、反映生活、讴歌时代。诗词也将因此而焕发出更加绚丽的时代光彩。

四、风雅中国连通四海中华情

中华诗词在全球各地的传播源远流长,影响广泛。下面试以唐诗、《楚辞》、《诗经》为例:

因为近邻和儒家文化圈,中国诗歌很早就传入日本,很多日本人能够使用经典的汉文吟咏。奈良时期(710—784),日本曾屡次派出遣唐使,抄写了《离骚》《文选》《庾信集》《太宗文皇帝集》等,促使汉诗创作发展起来。751年编成的日本最早的汉诗集《怀风藻》,诗体多为五言,诗风取法六朝。到了平安时期(794—1185),唐诗则成为人们学习的典范。七绝、七言歌行代替了《怀风藻》中的五言诗,乐府诗流传开来,日本诗坛风尚为之一变,而且多数诗人以白居易为宗。取法唐诗而作的汉诗不仅数量极为可观,质量也非常高。唐高宗朝敕编的《文馆词林》(残卷)与唐贞观年间君臣唱和之诗《翰林学士集》是两部初唐重要诗集,中国失传已久,现仍保存在日本。平安时代传入日本至今尚存的唐人写本中,有《王勃集》三种,其中两种为"日本国宝",一为"日本重要文化财"。当代日本的汉诗创作和吟诵,虽不比以前兴盛,但余波尚存。唐诗对朝鲜半岛的文学也有深刻影响。崔致远是晚唐著名诗人,有大量的诗歌创作,《全唐诗补逸》录其诗60首。他在朝韩文学史上具有很高的地位。越南和朝韩一样,十九世纪以前的文学作品,多用汉文写成,诗歌多受唐诗影响。1962年,杜甫被世界和平理事会定为世界文化名人,又恰逢杜甫诞生1250周年,中国各地都举行了纪念活动,越南也举行了纪念活动,可见杜甫对越南文化的影响。

从东晋开始,楚辞就在我们的近邻朝鲜半岛传播,曾经推进半岛拟骚文学的空前繁荣。朝鲜王朝时期的著名诗人金时习曾模拟《离骚》写了《拟离骚》《吊湘累》《汨罗渊》,以此来讽刺当朝的奸佞之臣。南邻越南对屈原人格和作品非常熟悉和推崇。明清时期,越南的文官出使中国,都要在途经沅湘时凭吊屈原,这种现象持续了二百多年。《楚辞》最迟在703年已传入日本,这在奈良时代正仓院文书《写书杂用账》中有明确记载。据日本学者石川三佐男先生统计,江户时期与《楚辞》相关的汉籍"重刊本"及"和刻本"即达70多种。1972年中日恢复邦交,日本首相田中角荣访华,毛泽东主席将《楚辞集注》作为国礼赠送,说明《楚辞》在两国文化交流中所起到过的重要作用。一百六十多年前，《楚辞》译文就开始在欧美传播。

由于与中国特殊的地缘关系和长期密切的政治文化交流，《诗经》很早就传入了朝鲜半岛。中国《南史》和朝鲜古史书《三国史记》记载，541年，新罗国王曾派人来中国梁朝招请《毛诗》博士，梁武帝派学者陆诩前往。765年，新罗惠恭王为培养官吏所制定的书目中列有《毛诗》。高丽光宗九年（958），行科举制，《诗经》定为考试书目，这极大地促进了《诗经》的传播。《诗经》传入日本时间大约是5世纪。雄略天皇（457—479年在位）致中国刘宋顺帝的表，其中引用了《诗经》的诗句，这篇文章是日本流传至今用汉字写成的最早的文章。日本现存有平安时代抄录的郑玄《毛诗谱》、孔颖达《毛诗正义》等书的残卷。平安时代设有明经博士，有专门讲《毛诗》的博士家，代代相传，讲传模式直到室町时代（1336—1573）还留有余响。《诗经》对日本的影响体现在多个方面，如在日本四字熟语中，殷鉴不远、窈窕淑女、辗转反侧、高山景行、锦瑟相合、甘棠之爱、鹤鸣之士、鸡鸣之助等就来自《诗经》。16、17世纪，经历几代传教士们的努力，《诗经》被引入欧洲，它由最初的"中证西"的以神学为主要目的的西译活动发展到后来的综合性研究。在进入20世纪之后，西方世界的《诗经》经典译本都已出现。西方诗经学也出现了根本性的转变，即回归到文学文本，借助有关理论及方法来对文本内容进行文学、文化乃至社会意义上的阐释。

在18、19世纪的美国淘金热年代，最早背井离乡到美国谋生的中国人，也把寄托亲情的中华诗词文化带到了旧金山等地。中华诗词成为与其他国家友好交往的桥梁和纽带，推动着其他国家的人民对中华文化的认识。

到了现当代，中华诗词在海外的传播更加广泛。从二十世纪五十年代，毛泽东诗词就介绍到了许多国家，产生过巨大影响。中华诗词学会从创办之日起，就有域外诗词家的参与。随着改革开放的深入发展，身在海外的中华诗词家也越来越多。例如已故美国诗人谭克平先生，曾获得"中华诗词特殊贡献奖"的殊荣。国内一些诗词刊物，也经常刊登海外诗词家们的作品。湖北黄冈的《东坡赤壁诗词》杂志，还专门辟有"广宇飞鸿"栏目，刊登过很多海外诗友的佳作。古人说，有井水处有柳词。现在可以毫不夸张地说，有华人处就有中华诗词。

习近平总书记说，中华文化源远流长，积淀着中华民族最深层的精神追求，代表着中华民族独特的精神标识，为中华民族生生不息、发展壮大提供了丰厚滋养。鲁迅先生说，"无穷的远方，无数的人们，都与我有关"。中国梦与各国人民追求和平与发展的美好梦想是相通的。中国梦对世界来说，就是求和平、求合作、求共赢。这恰恰是诗人们的本质精神所在。可以说，中华诗词艺术是文化交流、思想交流、情感交流最温馨的工具。每一位诗人的心里，都有温柔敦厚的琴弦，不管他走到哪里，不管他是什么民族，都会深情地弹奏兴观群怨的乐曲，以优美的诗词歌唱人间的真善美，以增进自身的和谐和人与人之间的和谐。

守望风雅，让我们的心灵更加丰富。

守望风雅，让我们的生活更加温馨。

守望风雅，让我们的社会更加和谐。

守望风雅，让我们的世界更加美好。

（"诗词中国"组委会2019年9月7日在西安西周丰镐古都遗址的"诗经里"举办第四届"诗词中国"传统诗词创作大赛颁奖典礼。本文为作者于9月8日在"诗经里"讲座的整理稿）

自然与精心——读袁行霈先生的诗词

钱志熙

一

在早期的大学教学者群体中，诗词创作的风气是很兴盛的。晚清时期活跃的诗家，有许多都曾任教于大学。现在学术界的同人，经常会说南高、无锡国专等南方高校的古诗文创作风气，其实最正宗的诗词家还是在京师大学堂及北京大学早期的一些诗家，其中同光体巨擘陈衍影响最大，黄节的诗更具特色，艺术造诣极高。但他们的诗风，都是偏重于学宋诗的。最近我发现，游国恩、萧涤非先生的诗词，甚至以新文学家的身份作旧体诗的朱自清，他们的诗也都是学宋诗的。这里面似乎有一种渊源关系。所以，早期京师大学堂以及后来的北京大学包括西南联大，应该是宋诗派的阵地。南京大学的胡小石先生、程千帆先生也是宋诗派。大概二十世纪上半期的大学中，最流行的还是宋诗派。这个问题我没有深入研究，只是有这样一种印象。但是，我们的老师陈贻焮先生、袁行霈先生的诗，据我的理解，则完全是属于唐诗派的。陈先生的诗是盛唐与中晚唐兼有，袁先生的诗则是典型的盛唐派。袁先生论唐诗，首重风神与气象，他的诗风也追摹盛唐的气象与风神。当然，《论诗绝句一百首》学习了元好问、王士禛等人论诗绝句的作法，是有唐以后的作风的。但总的来说，他的诗风是出于盛唐，而小令词则是学北宋的。袁先生也在座，我不知道说得对不对？想到北大原是现代宋诗派一个重镇,而我们的两位老师陈先生与袁先生却是正宗的唐风。这个问题我觉得还是很有意思的。将来研究者或许根据这个来分析现当代之际旧体诗的风格演变。无论宋诗派也好,唐诗派也好,他们都是学者诗人的代表,他们研究与创作并重,即程千帆先生所说的知能并重,是值得我们学习,也值得大力提倡的一种经验。

二

说袁老师的诗是学唐诗,并不是说他拟古、复古。他们这一代人,一开始写诗词,当然也从学习古人入手。但与现在一部分青年人专重拟古作法不同,袁老师这一辈写作诗词的学者,受新文艺观念的影响,大部分人都不是从拟古这一类走出来的。袁先生之外,我所熟悉的我的老师如吴熊和先生、蔡义江先生,他们都是在研究的同时创作诗词的,他们似乎也都不用模拟的方法。可见他们这一代人写诗词,是受新文艺观念影响的,对于模拟的作风有一种自然的拒弃。现在看来,模拟当然也不失为学诗之一法,尤其是对于最早的学诗者来说,走模拟的路比较容易上手,见效较快。但现在一些青年诗词写作,似乎一直在模拟。其中有些作品,初看古锦斑斓,但读过以后,总难给人留下较深刻的印象。

袁先生青年时写诗,相对来说,比较重视辞藻,但也很重视感觉的独特真实与立意的新颖,意境上有新的因素。如《夜读庄子》:

> 掩卷翩翩入梦频,奇花异草遍琼林。
> 此身可是蝶魂否?几缕清香透薄衾。

《新月》:

> 弯弯新月似行船,载我乘风上九天。
> 欲摘春星三两朵,为伊镶在绿衫边。

上一首的构思,是从庄周之梦受到启发。但作者不是直接地咏蝴蝶之梦这个主题的。诗中写读了《庄子》奇特瑰玮的文章之后,幻出了"奇花异草遍琼林"

的梦境。到第三句,才将蝶梦的典故接上来,怀疑自己是否也是蝴蝶之魂所化?不然的话,怎么在薄衾之间闻到缕缕的清香?这一句,其实是回应"奇花异草遍琼林"的,写梦醒之后,仍然留着梦中的感觉。有了前面这一句的铺垫,最后写闻清香,就不显得突兀了。下一首的意境,更具有今人的风味了,作者将一种现代青年的爱情幻想写出了,同时尝试吸收童话的意境。这里面就有一种"现代性"的思维方式在里面,但格调还是古典式的。

袁先生在唐诗研究方面造诣深湛,他的诗也是学唐诗的。我觉得他的一个基本目标的追求在于自然。唐宋两种诗,唐诗重在自然地吟咏情性,宋诗则讲思理与境的变化,更多的人工化。当然最终的写成,也还是在于自然。黄庭坚其实也是很注重自然的。但宋诗的自然,与唐诗的自然毕竟是不一样的。袁先生的诗词,我觉得一个突出的特点,就是不专重修辞,更不追求繁缛与雕琢。但是,他是十分重视构思与意境的。他的一些诗,初读没觉得有什么奇警的句子,反复地体会,才发现它的写真传神的效果。如《游富春江江畔有春江第一楼及郁达夫故居》:

雾破云飞画卷开,山清水碧映楼台。
方知郁子文清丽,为有春江洗砚来。

富春江的山水的特点在于清,虽然清是所有名山秀水的共同特点,但到了富春江,对"清"这个字会有更深的体会。袁先生为郁达夫的文风,找到了地域文化的一种依据。这最后两句,看似修辞简单,但写出作者真切的感觉与理解。我很早就从一个诗词选集中读过这一首,当时并不觉得特别好,却多少年忘不掉,尤其是后面两句。这大概是因为作者当时的审美感觉的确很丰富,而他又想以一种最简洁的、不雕琢的语言表达出来,所以在艺术上取得了成功。又如《玉兰》这一首:

玉树临窗立,春风花欲燃。
殷勤唯数我,一日几探看。

这首诗写得很自然，却很入神。写花木之诗，就是要写出其特征，而不是泛泛吟咏，涂饰色彩，光求得表面的好看。玉兰花含苞的时间特别长，有几个月之久，到二三月慢慢地开，开得是那样灿烂，真是春风花欲燃。玉兰花开得美，等待看花的心情更是一份浪漫，一份牵挂。"殷勤唯数我，一日几探看"，用来说别的花，当然也可以。但用在玉兰花这里，是最恰当的。从这里可以看出，袁先生的诗句，看似自然平淡，但特别构思与立意。他自己的一种传神写照的目标，希望以简洁自然的风格传达出心中的真切、丰富的感受，如《赴济南车中》：

穿河越野复行行，渐近乡关日色暝。

映眼华山浑似染，原来山比梦中青。

华山即济南的华不注山。这首诗的后两句，写一种思乡爱乡之情，自然而有新意，谈得上是"成如容易实艰辛"了。可见袁先生的诗词，不是不重追琢，而是追琢而不失自然。在文集发表会上，袁先生自己念了这首诗，一方面是答谢山东人民出版社，另一方面可见自己也很喜欢这首诗。

袁先生的诗讲究气象与神韵，他一般不故为低沉压抑之词，更不作衰杀之语。这一点，不说写作的风格，在人生态度上就已值得我们学习，如《咏菊》：

一夜西风草木衰，残荷败柳未须哀。

天公为我添诗兴，故遣黄花霜后开。

这首让我们很自然地想起刘禹锡的《秋词二首》，比起黄巢的咏菊诗，委婉含蓄得多了。这样的诗，其实是从前人的许多诗作中酝酿出来，但诗情是自己的。

一些现代的生活境界，如何写到诗词中。我个人的体会，是用传统的风格来表现新的生活内容。这也是袁先生许多诗词的特点，如他的五古《自京飞滇机中作》《听贝多芬D大调小提琴协奏曲》《听肖邦钢琴曲》，都是在进行这方面的尝试。《自京飞滇机中作》融入了传统神话、庄子、陶渊明的一些内容：

> 扶摇九千尺，欲与青天语。
> 天外更有天，无涯亦无涘。
> 四顾尽苍苍，一点闲云起。
> 转瞬云为海，浩瀚不见底。
> 唯觉白日近，羲和挥鞭驰。
> 相约共图南，我心大欢喜。
> 时空讵有限，混冥乃无已。
> 纵浪混溟中，忘天亦忘己。

这是很标准的古体风格，却表现新的事物与生活内容。面对这样的题材，作者并不强搜奇肆之语，而是重视真实的感觉，可以说神与物游，既融入古典内容，并且写出人生的感想，有陶诗的意境。显示他长期沉浸于陶诗的一种功夫。他写坐飞机的佳作，还有《飞经戈壁作》：

> 玉鹤飞戈壁，乘风上紫穹。
> 沙平天映地，云淡日当空。
> 巨翅临虚境，洪炉默运中。
> 澄明心似镜，真欲探鸿蒙。

这首诗的语言风格，是完全传统的，但是它的境界、思理，却是古人所无的。"沙平天映地，云淡日当空"堪称警策，深得古人之句法，但意境是新的，是飞机才可以观察到的景象。在诗词创作中，袁老师是赞成开辟新境的，《论诗绝句一百首·黄遵宪》云："挥动吟鞭走宇寰，八方风物入毫端。如能借得生花笔，开辟新天未必难。"他写的这一类现代生活题材的诗，正是在尝试着自己的这种主张。

三

作为古典文学家的袁老师，给人感觉是高雅清超的，甚至让人感到有唯艺术的倾向。但读了他的诗词之后，我们发现袁老师不是那种不食人间烟火的人，更不是躲在象牙塔里的人，他是很关心现实的，充满家国之情，也有悲悯的情怀。早年的《煤矿劳动》《下放京西山村》《荆江筑堤》，是写他自己下放工矿、农村的劳动，记录了当代知识分子的一段生活历史，表现了作者乐观的生活态度，也可以说是具有诗史的价值：

>头灯照处炭如金，巷道幽深竖井深。
>倏尔相逢浑不识，喧呼彼此是漆人。（《煤矿劳动》）
>仿佛即在武陵原，觅得桃源涨绿痕。
>戴笠荷锄归已晚，邻人误认是村人。（《下放京西山村》）

第一首写普通人不了解矿井生活，写得很真实。第二首则含蓄有味。这些诗其实反映了作者的某种情绪，却是以一种乐观、幽默的心态来表现的。陈贻焮先生1964年在湖北沙市参加"四清"的时候，也写了不少农时诗。袁先生跟我说，他很喜欢陈先生当时写的两句诗："饱吃干稀饭，深交贫下农。"（《梅棣盫诗词集·雪朝寄兴》）经他这么一说，我也觉得这两句的确写得很有意思。黄山谷有怀苏轼之句："饱吃惠州饭，细和渊明诗。"（《跂子瞻和陶诗》）陈先生这两句虽出黄诗句法，但读起来比黄诗更有趣味，可见从古人那里推陈出新，媲美，甚至某个句子比古人写得更好，也不是不可能的。

这本诗词集中，还有一些用传统说法反映现实的诗词，如《渔歌子·邮递员》《西江月·农民建筑工》《偶忆卖冰女童》，则都带有采风的性质，反映作者对人间的关怀。《偶忆卖冰女童》这一首，选材上尤具个性：

>月淡星繁向二更，长街遥送卖冰声。
>声含珠玉谁陶醉，韵协宫商自忘情。
>似怯似羞频顾盼，如冰如雪好聪明。
>辛勤一夏为何事？学费今年且自营。

作者的心是热的，不无悲悯之怀，但表现得很朴素，甚至可以语言有点白。但作者似乎并不介意这些。他的目的是写出人间一段艰难。作者写这些诗，当然也是受到元白等人新乐府创作方法的影响。也可以说是在实践当代美学的中现实主义观念。

四

《论诗绝句一百首》（丙戌2006—庚寅2010）是袁老师效仿元好问、袁枚等人论诗绝句体的精心结撰之作，是袁老师长期研究古代诗歌史和古代诗人的成果结晶，他对于诗歌的观点也多见于其中。需要专门研究。我这里仅从诗艺的方面，举其中一些诗篇，尝鼎一脔，如《雅》：

雅分大小竟如何？聚讼纷纭臆断多。
杨柳依依才四字，化身千万唱骊歌。

作者认为古今人对雅分大、小的解释，多属臆断。还不如认真地研究它的艺术及其对后来诗歌的巨大影响。如《小雅·采薇》中写杨柳依依的别景，对后世千万首离别歌词产生了影响。这种观点是值得重视的，又如《班固》：

史笔为诗颂缇萦，五言至此已初成。
虽曰质木无文采，聊胜浮华佞巧声。

不但指出班固五言诗是文人五言诗（徒诗）的开端，而且认为它虽质木无文，但内容纯正，比那些浮华佞巧的作品要好。这里也反映了袁老师对诗歌的看法，是首先重视内容，然后才是修辞的艺术，又如《古诗十九首》：

古诗十九本佚名，游子萦牵思妇情。
拟古向来谁得似？平心窃谓是渊明。

一句"游子萦牵思妇情"，把古诗十九首的内容完全概括住，而认为渊明拟古九首是拟古诗十九首，并且是最有神似之功的，这些当然都是袁老师长期研究古诗十九首、陶渊明所得出的看法。《沈约》一首：

历仕三朝众望高，文心史笔两清超。

永明新体开新径，八病四声着意雕。

对沈约的文学，向来评价过低，袁老师一赞其"文心史笔两清超"，一赞其"永明新体开新径"，可为论述沈约的纲领。又如说《魏收》"渐开新调春风软，北地无非宛妙音"，肯定上官仪"绮错诗才"（何期一旦衔冤去，绮错诗才谁顾怜），评张说是"骨气文心两俊雄"。又如作者不赞同将盛唐诗简单地按边塞诗、山水田园诗分派的做法，认为不太符合盛唐诗坛作家们的创作上的一些事实。这在《高适》一诗及自注说得很明白："不随众口言诗派，边塞岂能偏概全。"他认为边塞只是高适众多题材之一，而杜甫、王维等人也有很多的边塞诗。我们说同样，山水田园也只是王、孟众多题材之一，而被称为边塞派的岑参、王昌龄等人，也有很多山水诗。《孟浩然》一首，也是作者长期研究、思考盛唐气象后得出真知灼见：

白首松云守固穷，气蒸波撼最沉雄。

盛唐气象何人始，夫子或因论首功。

古人论孟，有赞其清逸，有批评其俭陋，袁老师以"沉雄"论孟，确是独具只眼。孟诗果然清胜入神，但又有沉着痛快的一种。至于认为盛唐气象始于风流天下闻的孟夫子，尤其是提出一个重要的问题。他对韩愈的看法，也是辩证的、中肯的：

怪怪奇奇意态狂，倚天拔地势难当。

效颦李杜非能手，别径新开日月长。（《韩愈》）

韩愈推崇李杜，他的诗也深受李杜的影响，但袁老师强调他相对李杜来说，是一种变体，精神与李或杜都不一样。这里当然也涉及从盛唐到中唐诗风变化的复杂问题。

袁老师对宋以前的诗歌，基本上以肯定为主，当然也辨识正变高下的地

方。对宋以后的诗,则肯定之外,更多辨识。如他对王禹偁比较赞赏:

> 议论为文文亦诗,浮华风气此人移。
> 数峰无语堪讽诵,晓畅自然更多姿。(《王禹偁》)

议论也好,抒情也好,以文为诗也好,都只是一种方法与路数,不是诗与非诗的分别所在。袁老师肯定王氏转移风气的作用,更赞扬其一些写景之句的晓畅自然。这也是符合他自己的诗歌观点的。但他对于黄庭坚,则是有所疑问的:

> 立派江西一脉传,夺胎换骨斗精妍。
> 旧衣补缀翻新样,那得诗篇胜昔贤?

看得出来,是否定之意,多于肯定之意。袁先生从学于林庚先生,林先生这一代深受五四文学精神影响的学者,对黄庭坚与江西诗派,评价是偏低的。但他对《陈师道》又是以肯定为主的:

> 江西一派列三宗,雅奥精深意态浓。
> 安贫乐道饥寒死,可叹弘才世不容。

陈师道的成功,在于其创作上的认真态度及深入杜诗精髓的功力,他的孤介不苟的人品及由此而引来的悲凄遭遇,袁老师也是赞扬而又同情的。袁老师认文学,首重人品,这一组中,对于赵孟頫、钱谦益等人在肯定其艺术之外,对于人品不无讥议:

> 诗文书画本相通,一脉清泉贯腹中。
> 妙绝当时成定论,可惜未免婉柔风。(《赵孟頫》)

赵的未免婉柔,不是艺术的功夫不到,而是他的立身与人格特点所决定的。对钱谦益,袁老师的否定态度更加明显:

东林慷慨意难平，既附南明又降清。

天生不喜墙头草，纵使沉雄有令名。（《钱谦益》）

记得郁达夫有《钱牧斋》诗云："行太卑微诗太俊，狱中清句动人怜。"郁达夫薄其人而爱其句，袁先生则批评得更加严厉。维持风雅，必先人品。

当然，论诗绝句一体，不仅是史识与诗论，它更是一种绝句的艺术，要写得很有诗意，如《班婕妤》：

遥思团扇独吟时，病草萋萋雨若丝。

飞燕酒酣华屋暖，宫深瓦冷有谁知？

《曹丕》：

低徊掩抑复凄清，伤逝感怀忆友朋。

更喜燕歌七字体，便娟婉约最牵情。

《西洲曲》：

摇曳无穷若连珠，闺情难断复难摹。

任是栏干垂手处，少女花容若有无。

《龚自珍》：

气似长虹笔似椽，呼风唤雨扫尘烟。

吟鞭遥念东挥日，绮句豪情映九天。

像这样诗篇，意境工，修辞妙，直而能婉，露而能含，化用原作意境辞语，出于自然，正是论诗绝句的正体。

以上是我拜读袁先生诗词大作后的一些粗浅的体会，请袁老师与各位同人多多批评！通过学习袁先生的诗词，我获得对于诗词写作的一些新的体会，也对当代的诗词创作中的一些问题有了新的认识。

（本文的初稿，是笔者在2021年4月18日北京大学举办的"《袁行霈文集》出版座谈会上的发言，此次发表时有所修改。另，本文所引袁行霈先生的诗词，均见《袁行霈文集》第十卷，山东人民出版社2020年版）

名家诗钞

顾随先生诗词钞

林 峰/辑

顾随（1897—1960），本名顾宝随，字羡季，别号苦水，晚号驼庵，河北清河县人。中国韵文、散文作家，理论批评家、美学鉴赏家、文化学术研著专家。代表作：《稼轩词说》《东坡词说》《揣龠录》《无病词》《味辛词》《荒原词》《留春词》《苦水诗存》《苦水作剧》等。

唐多令

秋叶总堪伤。不禁风力强。水边枫、一半陨黄。红是泪珠黄是病，算依样，断人肠。　　歧路久彷徨。他乡成故乡。把无聊、并作清狂。潦倒心情秋后树，才过雨，又斜阳。

临江仙

<small>君培书来，劝慰殷勤，以词答之</small>

挂杖掉头径去，新来常爱登临。小红楼上六弦琴。四围山隐隐，万古海沉沉。　　眼下千秋事业，生前几寸光阴。三千里外故人心。倚阑良久立，北望一沾襟。

好事近

灯火伴空斋，恰似故人亲切。无意开窗却见，好一天明月。　　欣然启户下阶行，满地古槐叶。脚底声声清脆，踏荒原积雪。

鹧鸪天
赠屏兄

雨后苔痕欲上阶。窗前夜合是谁栽。树犹如此垂垂老,岁不待人鼎鼎来。　　车马过,起尘埃。黄云拥日下长街。艰难寂寞都尝遍,如海燕城斗大斋。

鹧鸪天

点滴敲窗渐作声。棉衣犹觉夜寒生。不辞明日无花看,且喜今宵有雨听。　　新苦恼,旧心情。廿年湖海一书生。只缘我是无家客,却被人呼面壁僧。

虞美人

更深一盏灯如豆,烟味浓于酒。青烟才起忽消沉。便觉相思飞去,不堪寻。　　晓来寻觅相思去。却见丹枫树。雨淋红叶好凄凉。难道相思真个,怎收场。

醉花间
题叶上寄君培

说愁绝,更愁绝。愁绝天边月。十五始团圆,十六还成缺。　　野旷树声悲,楼高灯影澈。若问此时情,一片新黄叶。

南歌子

倦续黄粱梦,闲倾碧玉杯。醒来还是旧情怀。爱看斜阳沉在碧山隈。　　浪软温柔海,灯明上下街。中原却被夜深埋。那更秋风秋雨逐人来。

临江仙

无赖渐成颓废,衔杯且自从容。霜枫犹似日前红。争知林下叶,不怨夜来风。　　病酒重重新恨,布袍看看深冬。石阑干畔与谁同。天边无伴月,海上一孤鸿。

行香子
三十初度自寿

陆起龙蛇,归去无家。又东风、悄换年华。已甘沦落,莫漫嗟呀。拼一支烟,一壶酒,一杯茶。　　我似乘槎,西渡流沙。走红尘、晚日朝霞。卅年岁月,廿载天涯。共愁中乐,苦中笑,梦中花。

又

不作超人,莫怕沉沦。一杯杯、酸酒沾唇。读书自苦,卖赋犹贫。又这般疯,这般傻,这般浑。　　莫漫殷勤,徒事纷纭。浪年华、断送闲身。倚阑强笑,回首酸辛。算十年风,十年雨,十年尘。

又

春日迟迟，怅怅何之。鬓星星、八字微髭。近来生活，力尽声嘶。问几人怜，几人恨，几人知。　　少岁吟诗，中岁填词。把牢骚、徒做谈资。镇常自语，待得何时。可唤愁来，鞭愁死，葬愁尸。

浣溪沙
咏马缨花

一缕红丝一缕情。开时无力坠无声。如烟如梦不分明。　　雨雨风风嫌寂寞，丝丝缕缕怨飘零。向人终觉太盈盈。

生查子

身如入定僧，心似随风草。心自甚时愁，身比年时老。　　空悲眼界高，敢怨人间小。越不爱人间，越觉人间好。

蝶恋花
独登北海白塔

不为登高心眼放。为惜苍茫，景物无人赏。立尽黄昏灯未上，苍茫辗转成惆怅。　　一霎眼前光乍亮。远市长街，都是愁模样。欲不想时能不想，休南望了还南望。

又

我爱天边初二月。比着初三，弄影还清绝。一缕柔痕君莫说，眉弯纤细颜苍白。　　休盼成圆休恨缺。依样清光，圆缺无分别。上见一天星历历，下看一个飘零客。

临江仙
游圆明园

眼看重阳又过，难教风日晴和。晚蝉声咽抱凉柯。长天飞雁去，人世奈秋何。　　落落眼中吾土，漫漫脚下荒坡。登临还见旧山河。秋高溪水瘦，人少夕阳多。

临江仙

皓月光同水泄，银河澹与天长。眼前非复旧林塘。千陂荷叶露，四野藕花香。　　恍惚春宵幻梦，依稀翠羽明珰。见骑青鸟上穹苍。长眉山样碧，跣足白于霜。

浣溪沙

微雨新晴碧藓滋。老槐荫合最高枝。风光将近夏初时。　　少岁空怀千古志，中年颇爱晚唐诗。新来怕看自家词。

送嘉莹南下

蓼辛荼苦觉芳甘,世味和禅比并参。
十载观生非梦幻,几人传法现优昙。
分明已见鹏起北,衰朽敢言吾道南。
此际泠然御风去,日明云暗过江潭。

蝶恋花

少岁诗书成自娱。将近中年,有甚佳情绪。仆仆风尘衣食路。茫茫湖海来还去。　　殢酒消愁愁更苦。醉里高歌,醒后心无主。客舍怕听闲笑语。开窗又见廉纤雨。

贺新郎

天远星飘渺。漏声残、月轮高挂,尘寰静悄。南北东西都何处,着我情怀懊恼。况岁暮、天寒路杳。欲织回文长万丈,问愁丝恨缕长多少。空自苦,赚人笑。　　半生真似墙头草。尽随风、纷披摇荡,东斜西倒。万岁千秋徒虚语,眼看此身将老。且点检、残篇断稿。说到文章还气馁,算个中事业词人小。清泪滴,到清晓。

诗词特辑

郑欣淼诗词作品选

郑欣淼,陕西省澄城县人,1947年10月生。曾任文化部副部长、故宫博物院院长,中华诗词学会第三、四届会长。从二十世纪六十年代中期以来学习诗词写作,先后出版《雪泥集》《陟高集》《郑欣淼诗词稿》《诗心纪程》等。

踏莎行
选堂先生九秩华诞

《华学》杂志第八辑近期出版,适逢选堂(饶宗颐)先生九秩华诞,编辑同人拟为纪念,学勤先生来函征题,谨以小词致意。

书画津梁,诗文渊薮,纵横学海为山斗。问公何事竟如斯?自成机杼无窠臼。　白首冰心,青箱金罍,桑榆仍把鸳鸯绣。伏生忽报颂椿龄,喜凭杯酒绥眉寿。

贺新郎
谢王世襄先生惠赠《自珍集》

掩卷寻思久。算方知、物皆有道,物皆能究。原本人生多趣味,直待搜求参透。这玩字、天机当有。总总林林窥胸臆，自能珍、人更珍情愫。雅俗韵，运斤手。　　灵奇天毓天应佑。笑回头、劫尘历历，此心株守。俪侣涸辙相濡沫，锦思花雕云镂。广陵散、流传今又。莫谓忽忽崦嵫近，看根深、大树枝枝秀。人似昨，此衫旧。

鹧鸪天
西安大唐芙蓉园第二届"长安雅集"

阆苑风光接翠微，芙蓉六月正芳菲。梨园又见胡旋舞，酒肆依稀太白杯。　　波潋滟，殿崔嵬。大唐气象梦中回。绵绵千古文华地，更酝今朝奋翼飞。

水龙吟
秋游富春江

富春百里风烟，萧萧秋色来天际。苍茫迭嶂，晴明岸树，沙洲禽戏。勋业孙郎，高风严子，郁家兰蕙。看古今雅韵，山川人物，浑无尽，澄波里。　　美景自应沉醉。有宏图，大痴曾绘。笔凌畦径，思通造化，赫然神似。聚讼纷纭，难分真赝，笑贻清帝。更藏传轶话，烬余合璧，岂冥冥意？

水龙吟
故宫兰亭大展

合教大雅长存，兰亭一序传千古。暮春好景，临流觞咏，晋人风度。信笔行书，骋怀遣兴，直惊天助。看世殊事异，斯文犹在，山阴道，芳如故。　　谁识太宗心绪？夕阳中，昭陵无语。唐摹宋刻，乾隆迷醉，情衷碑柱。浪涌波翻，泽绵恩永，九霄飞羽！正人间盛事，四方神品，午门欣聚。

贺新郎
梅岭古道

梅岭何奇崛！更雄关、扼喉抚背，楚天南粤。十万秦兵存迹否？开凿唐功尤烈。念往昔、阛阓踵接。野草休看侵古道，石阶残、多少风云阅。天地转，几时月？　　擅名梅国梅堪说。一枝春、红梅如火，白梅如雪。迁客流人梅折处，留得诗中凝血。又遍诵、将军三阕。隐隐粉云苞正孕，老干枝、商略冲寒发。且骋望，自心热。

贺新郎
杭州西溪

尽说西溪好。我今来、越天清绝，孟冬秋杪。荒渚野凫舟自在，残柿枝头独老。更掩映、芦花夕照。烟水潆洄连云岭，两三声、梵寺啼乌绕。可探得，韵多少？　　看来世事真难料。俊游邀、宕延半载，这番才到。未见杂花春暮景，萧瑟秋容窈窕。莫憾惜、皆呈其妙。最是轶闻传一语，且留下、宋迹何从考？真处子，静而佼。

贺新郎
夜游南通濠河

波冷濠河水。漫逍遥、勤空星映，一舟轻驶。亭榭楼台灯明灭，细数穿桥有几？大抵是、张公遗惠。梵寺钟声狼山影，遍周遭、忘却人间世。风乍起，浪花碎。　　草间自感清新气。更堪看、闲云野鹤，海端江尾。绰约梅庵无语立，幽谷尤多兰蕙。也恰似、朱生画味。材与不材谁评说，任荣枯、不负天公意。夜正静，不能寐。

鹧鸪天
李长春同志赠《镜观沧海》

冶性陶情余事芳，尘间得睹五云乡。霞飞雪岭神魂净，鹤舞清波物我忘。　　沧海近，昊天长，寰瀛今已共炎凉。感君多有清清气，心底原来山水藏。

忆秦娥

余有幸出席九三阅兵大典，沈鹏先生特为大典填忆秦娥一阕，今依韵敬和，略抒感怀。

风云阅，战鹰虎旅长城列。长城列，止戈为武，金瓯无缺。　　神州秋到天高阔，一声鼓角心头热。心头热，旧邦新命，骎骎崇巍。

齐天乐
乙未异邦中秋对月

客居不觉光阴迫，他乡又逢秋半。三五银蟾，何分畛域，只把清辉洒遍。周天缱绻，更冉冉澄鲜，且生奇幻。惯看年年，触忱尤是在今晚。　　欧风匝月领略，任轻车缓疾，优游汗漫。一片闲云，几多飘影，况有亲情相伴。犹耽快忤，惜已近归期，恼人催返。零露幽蛩，那辞心绪远！

鹧鸪天

托高志忠同志查找1981年9月22日《羊城晚报》，上有拙文一篇，彼竟寄来一份当年报纸，既惊又喜，感慨不已。

恰似飞鸿来五羊，卅年尘事入微茫。长安陌上春方绿，斗室灯前梦亦香。　　头半白，纸全黄。川流如此不商量。斜阳芳草浮生短，鱼跃鸢飞回味长。

贺新郎
《故宫学概论》出版自题

总是天公意！待回头、横斜鸿爪，偶然而已。黄土深深长安古，折曲河湟旖旎。消受得、人生泰否。铩羽归来何处觅？却徜徉、文物新天地。塞翁马、促予起。　九重烟阙苍茫里，但周知、官家府库，宝藏珍萃。长巷幽宫皆凝重，多少风云秘史。共探奥、群贤肆力。暑往寒来终难负，帜方张、莫道人憔悴。十数载，一弹指。

忆江南
澄城杂咏　五首
其一　尧头窑

澄城好，窑火已千春。拙样朴形家用器，厚胎黑釉吉祥纹。赓续又图新。

其二　刺绣

澄城好，绣品总新裁。百姓意深榴籽枕，村姑针巧虎头鞋。粉本陌阡来。

其三　老粗布

澄城好，机杼老青娥。粗布无华田亩梦，条纹有序母亲歌，月夜一梭梭。

其四　水盆羊肉

澄城好，羊肉贵清汤。老碗水盆鲜味萃，月芽饼子盛名张，镇日齿留香。

其五　花馍

澄城好，巧手面生花。寿礼摹形鸡并虎，奠馍色染翠和霞。鱼变送娃娃。

南歌子
赠单霁翔同志

千古烟云老，七年擘画新。回眸盛事总缤纷，最是平安二字印深痕。天阙霜晨月，和风御柳春。缘分当有又逢辰，我辈此生无悔故宫人。

鹧鸪天
"云"上出席第十七届《中华诗词》青春诗会

勃勃诗情岂可拦？江山自不负华年。室中未觉烟云少，线上尤知天地宽。　渔浦路，剡溪船，晋风唐韵总依然。青春唤我吟心起，啸傲何妨追古贤！

清雅诗怀

◎ 唐双宁

冬日画牛

竹林白雪画屏悠，紫气毫端小阁楼。
老子不愁无坐骑，函关西出任云游。

苏幕遮
阳关望

叶初黄，秋渐爽。月满高楼，楼上银波漾。万里江天堪酝酿。且斗尊前，尽把西风飨。　　慢回眸，思绪放。世路无穷，犹把长安赏。往事千端三叠浪。烟雨长亭，正把阳关望。

苏幕遮
邀月家山

晚风柔，秋雨瘦。弱柳低垂，池水微波皱。暮霭无心云出岫。倦鸟归巢，西阁凉初透。　　发如霜，灯似豆。邀月千杯，共忆他年旧。独倚栏杆风满袖。望断家山，直到三更漏。

◎ 李岱宸

静心思

凝心养气观山海，敛目含神诵圣贤。
荡尽瘟霾雰雪降，齐开户牖再迎年。

西柏坡

电波千里催强旅，四野捷音汇滹沱。
领帅精思筹远略，披星赶考建新国。

清园华音
赞清华大学艺术教育中心诗教基地成立

人文格致融塘碧，邺架开合万里行。
漪榭清风抒壮志，闻亭大吕唱琼英。
谁能起笔濡新墨，我愿从师破九冰。
香草芳兰恭毕至，教坊度曲奏华菁。

◎ 吴久籁

山城画境

仰望长天别样蓝，神怡恰似入终南。
地偏依旧风光好，笔墨酣处见夕岚。

辛丑霜降日过南浦溪矴步

秋风潇洒任蹉跎，浪走山溪唱作歌。
矴步弯来迎远客，风尘洗却待吟哦。

◎ 赵秋凯

再梦晋城古矿南区
其一

梦里青杨早已枯，不知何处是归途。
山边似有村依旧，泪眼昏昏已模糊。

其二
初冬故里已萧条，落叶纷纷渐寂寥。
欲问家人康健否？好随清梦过良宵。

◎ 蒋定之

长桥月
老友

朔风依旧，吹得花枝瘦。照眼琼英飞去，漫天舞，寒中守。　知否？梅是友。放翁常牵手。介甫绕墙非雪，香盈袖，无量寿。

长桥月
老酒

兰亭逸友，咸集诗肩瘦。更有鸿门虚剑，刘伶醉，鲁公柳。　悠久。醇且厚，劝酬休贪口。惟愿诸君强健，多慷慨，百年走。

长桥月
老茶

窗对兰亭，翠盘金叶横。玉碗龙团半展，风雨过，水波平。　分斟。香气盈，浊清人自明。陆羽陶公好客，仙露满，两关情。

◎ 陶武先

雨城

水绕边城青岫列，霖滋旱季绿阴匀。
女娲补漏遗无据，大禹驯波史或真。
茶马道通川藏市，丝绸路便古今人。
沓来远客迷三雅，忘返深情话一新。

五花海

林阴碧玉几维烟，石涧清流百尺潭。
飞鸟衔云翔浅底，游鱼嬉日跃高天。
风痴茂树红妆薄，影恋佳人彩袖斓。
此镜疑应悬昊宇，何时遗落照人间。

◎ 许乐仁

悟

少小离家老未还，依稀寻梦水云间。
登高俯仰千峰翠，行远苍茫两鬓斑。
旅望遥遥无尽海，乡愁隐隐几多山。
团团故步心田窄，落落浮名眼界宽。

水调歌头
中秋夜思海外亲友

今夜望穿眼，九转五更天。异方云隐明月，何不似当年？拂袖嫦娥归去。瘴气西侵玉宇。惊起一时寒。弹曲特离谱，邪疫扰人间。　岸临水，山隔海，共无眠。顺天循道，当信残月满时圆。人有难分难合，物有东完西缺。此际梦难全。且举杯中酒，思念寄婵娟。

◎ 祁茗田

建党百年华诞感怀

镰斧旗开舞碧空，百年跋涉事峥嵘。
改天换地驱群鬼，聚力凝心腾巨龙。
不许狂徒夺寸土，岂容霸主逞豪雄！
初心砥砺与时进，勇立潮头向大同。

悼袁隆平院士

矢志学农事可钦，苍生饥患挂胸襟。
风霜刀刻农夫面，禾稻香熏学者魂。
一路攻关人到老，八方果腹梦成真。
长街万众送国士，君爱斯民民爱君。

◎ 褚水敖

祖国晨吟

七十韶光总动襟，风华满国望当今。
山河明目新霞闪，人物生辉瑞气临。
铭记初心回味久，远谋长路静思深。
欣观晓日增鲜丽，正照彤彤赤子心。

回北大重逢学友

京华回望道峥嵘，白发同添意更浓。
惊觉人生归晚境，休言世事落虚空。
报家国处盈灵气，思燕园时论圣功。
伏枥犹明向前志，赤心千里起雄风！

◎ 林建华

乘高铁行吟

钢轨神州一线牵，长龙腾跃履平川。
中华昂首飞寰宇，科技昌明照昊天。

浣溪沙
咏历城草莓产业园

望似瑶台景若仙。晕红照映半边天。玲珑碧玉更娟妍。　　香沁几重生醉意。梦浮无数起嘉年。莓鲜无际大诗篇。

◎ 何广才

三八节寄意

翠浅红深三月八，娇妍莫过美人花。
纤纤身着风和雨，眷眷情牵国与家。
万种徽华煌似月，一帘绮梦灿如霞。
柔肩扛起天之半，惠爱绵绵未有涯。

鹧鸪天
芒　种

芒种榴花尽吐芳，麦头灿灿稻禾长。催收促种桑鸠唱，刈熟栽秧稼事忙。　　披月色，戴星光，更教连稔米盈仓。银锄舞起丰收梦，直向膏畴觅小康。

◎ 周其林

春天放歌

其　一

东风送暖花含蕊，郊野踏青放纸鸢。
遥看山川生绿意，碧空如洗雁飞还。

其　二

江南春在枝头闹，塞北琼花玉岭娇。
大好河山如梦境，神州亿万竞折腰！

◎ 杨鹏飞

雨中观初春溪边公园

柳依烟雨入春先，翠共梅桃到眼前。
独自凭栏飞鸟过，与诗各得半边天。

临江仙
深　春

昨日呢喃声别去，未知双燕何名。匆匆偏又忘叮咛。东风将鬓白，能不探人生？　六十个春都忆了，难寻岁月真情。一壶烟雨一壶晴。闻鹃催麦熟，瓜豆却年轻。

◎ 郑伟达

行　医
其　一

志在医林事可成，心无杂念眼清明。
雄关如铁从今越，奋臂扬帆浪里行。

其　二

苦读经书五十年，只因春在碧峰巅。
研习问诊皆不误，更著诗词不计篇。

其　三

殷勤一世竟为何，千里来寻疾患多。
万病回春天不负，君臣左使定调和。

◎ 孙义福

理发师

灵心巧手客皆知，剪去三千烦恼丝。
满面春风迎老少，一身辛苦酿成诗。

快递员

挽住斜阳亦恋晨，迎风冒雪跑千门。
四时光景轮流带，送走寒冬又载春。

五四携孙儿游动物园

精灵世界稚童狂，动物园中来去忙。
最是奇思难理喻，伸开两手捉阳光。

◎ 陈小明

党旗颂
其　一

万里河山浴劫灰，南湖隐隐滚轻雷。
三番起义长缨执，八载坚持日寇摧。
扫秽轻生驱虎豹，兴邦重德举贤才。
寰中遍矗镰锤帜，唤起先锋络绎来。

其　二

立国欢呼敌化灰，城头一叱走惊雷。
家园事往新颜展，伟业图宏旧貌摧。
后乐先忧公仆质，经天纬地栋梁材。
党人亮节光辉耀，旗下精英踊跃来。

◎ 王树武

庆祝建党百年华诞
其　一

红阳普照尽朝晖，涌动春潮凯歌飞。
已上征程千里远，大旗迎面劲风吹。

其　二

金星似火耀长空，两弹惊雷激荡中。
大美蓝图今绘就，九州繁锦万山红。

◎ 王 威
论 烟
一撮黄丝两路通,吞云吐雾隐神功。
沉思求变心生计,敢把南风转北风。

论 水
平淡随源出细流,汇江入海不回头。
无声润得山川美,又变云烟天上游。

◎ 易大斌
牛年有感
平生愿作一黄牛,苦乐年华载满舟。
进退从容情不变,青山夕照寄春秋。

冬日登山
地冻天寒凛洌风,登高步履自从容。
红梅怒放香山谷,翠羽联翩越顶峰。
陡峭悬崖烟雨漫,崎岖古道野芳浓。
怡然双眼多红绿,更有苍茫不老松。

◎ 潘洪信
中华通韵
四年犹记雪含梅,旧律新声放韵来。
自此吟中仙羽化,因之物外紫光开。
清平乐奏奎文阁,水调歌传苏子台。
谁说当今无绝响,潍河蘸笔尽诗才。

河南暴雨感怀
深情十亿作方舟,大爱无疆看运筹。
家国同声三尺雨,军民共筑万重楼。
不由漂泊心魂碎,何惧滂沱天水流。
我信人寰这轮月,今宵一定照中州。

◎ 刘 辉
山居闻蝉
静里聆蝉唱,悠幽意未央。
朝闻清洗耳,暮觉涩回肠。
声藉高枝振,名由片羽扬。
曲终皆寂灭,何必究宫商。

山居夏日
乍有湿风开晓窗,雨添客舍一重凉。
清溪槛外渐苍碧,彩蝶篱边忽淡黄。
壮岁难堪秋岁近,醉时不及醒时长。
愁心欲寄寄何处,知了声声乱岭岗。

◎ 李创国
水东湾大桥晚望抒怀
其 一
宏构精思比鲁班,虹桥飞架水云间。
灯辉碧海连星落,风送兰舟载月还。
双贝天边闲吐蜃,三洲足下晚啼鹇。
凭栏往事堪追忆,细浪浮情满港湾。

其 二
危栏涉倚思无缰,神笔谁将学马良。
龙虎遥望云径捷,觥舻相过笛声长。
曾惊洪水来天地,今喜春风满梓乡。
月落高楼灯似昼,车流人影入苍茫。

◎ 胡　斌

弘一法师
青灯相守意虔虔，一命轮回自在天。
学富皆由多得识，心安莫过是怡然。
笛声渐远长亭外，柳线空垂古道边。
德业功名终寂灭，遂从悲喜了因缘。

感　事
山川止雨应时新，乐意幽居自不贫。
鱼泛河塘能使皱，泥穿竹笋得于皴。
端知味美唇无忌，始信云开目有神。
静息心灵惟在己，更衣梳发向平津。

◎ 刘　毓

初　夏
篱草芳枝满院围，彩蝶嬉戏往来追。
清香如缕衣边过，涤净尘俗是与非。

闲　庭
金蕊轻盈向日开，深红浅紫点青苔。
手中龙井窗前椅，坐看高天云去来。

◎ 魏秀琴

鹧鸪天
秋　思
楚雨霏霏洗冷秋，清寒漠漠上西楼。凭栏不忍残红落，倚案还将乱绪收。　　思旧事，问根由。浣花笺上溢新愁。心中百结浑难解，又听鸣蛩唱未休。

深秋雨夜听《飘雪》感怀
风雨潇潇暮色昏，深深庭院闭重门。
残荷听雨消残夜，旧梦入杯伤旧痕。
一叠清愁笺上泣，千丝乱绪网中翻。
寒宵尤怯听《飘雪》，故事几多谁共温？

◎ 贾志义

咏　菊
霜降百花残，唯余菊蕊鲜。
西风何寂寞，寒雨亦欣欢。
淡定如诗美，姿容似画妍。
秋深多雅韵，阅者尽开颜。

山居雅韵
翠柏苍松满翠峡，白云深处是吾家。
晨听鸟语心神爽，午伴花香梦境佳。
醒后呼朋山顶坐，吟前泼墨笔端发。
凌风把酒高亭上，醉看烟岚隐暮鸦。

◎ 罗国平

运河画卷
长河活水印天蓝，怀古随风意未酣。
散尽烟云开画卷，骚人能不爱江南。

观大师草书
纵横开阖墨生光，圣手翻飞笔也狂。
坠石崩雷腾怪兽，吟龙啸虎射锋芒。
古风痕漏心流出，新韵藤枯意远扬。
纸落烟云惊鲁直，长枪大戟势堂堂。

◎ 舒继光

庚子腊月初夜偶成

如眉闲月似无聊,窥我心窗久寂寥。
往日曾读楚囚事,那堪今又照萍飘。

客中元夕

沪上元夕焰火中,通宵映照浦江红。
离人观罢心犹倦,哪有家乡趣味浓。

◎ 周富成

烛影摇红

农家芍药园

　　飞絮春归,暖风又染无边翠。农家哺燕恰呢喃,满是青葱味。　起伏蛙鸣犬吠。小桥旁、余容正媚。花红似火,叶绿如酥,令人沉醉。

◎ 秦晓舟

临江仙

春分有寄

　　乍暖还寒烟影,青深红浅踪尘。几朝春事可平分？雨微滋旧梦,风细释前因。　正是莺歌酬酒,那堪柳絮栖身。为何篱陌驻晨昏？痴看新发蕊,不见去年人。

随题榴花

野陌轩亭由此新,嫣然含笑性情真。
珠胎玉骨隐寒色,妆夏蕴秋傲俗尘。
满腹酸甜一枝梦,千重风雨两程春。
流年寂寞谁为客,清韵幽芳是故人。

◎ 邱宇林

春雨

小雨衔来一夜春,东君催绿草堂新。
断珠落玉凭窗眺,万语千言天地循。

西江月

题画作《革命摇篮井冈山》

　　漫野青松尽染,遍山红叶方浓。山川巨变问何从？拯救苍生万种。　星夜独燃灯火,赤心还照天穹。沙场浴血又成峰,留待史书追颂。

◎ 黄　群

菩萨蛮

燕郊三月

　　归来燕子芳时晚,桃花已约黄莺啭。绯色织云轻,交交次第鸣。　村墟三月寂,不奈香风袭。郊野踏青人,春光匀几分？

浣溪沙

槐花香

　　犹记儿时五月天,碧枝簇簇素花繁,氤氲香气小村漫。　愁事不侵青涩梦,流光已弃少年颜,依稀槐上见炊烟。

◎ 陈 岩

垂 钓

未必因利守沙洲，一湖秀水洗昏眸。
垂钓之意何人会，眼底风情已满钩。

自 嘲

娥眉多不画，嗜酒少清明。
赏月烦心去，吟诗快意生。
尚留梅气度，羞见客逢迎。
屋后三分地，闲来默默耕。

◎ 唐国华

红宝石婚

鸾凤年年双比翼，何须他处觅芳尘。
承欢尚未知人老，回望从无厌我贫。
白首犹怜堂里客，痴心难慰意中人。
晚年欣喜襟怀畅，相看儿孙气象新。

辛丑学友聚会

雨中相送到江湾，伫立风中不忍还。
颤抖羸身衣早湿，浮移眊目语难闲。
回头泪涌车窗外，阔步人回屋宇间。
歌罢归来重上坐，依然相忆是恒山。

◎ 孙德冰

悼四川灭火英雄

白甲江城未解鞍，黄盔赴死灭狼烟。
英雄烧骨成青玉，壮士归魂化杜鹃。
雨落清明悲旧冢，风吹黄土恸新酸。
春来多少惊心事，直教诗笺泪不干。

◎ 宋善岭

忆工地夏夜

向晚收工后，身疲力已无。
月升云黯淡，汗浸眼模糊。
手里旧蒲扇，灯前破水壶。
望天惟一问，何处是前途。

遣 闷

自作鱼竿客，悠哉五六年。
寸心难悟道，万事且随缘。
有兴邀知己，无聊读谪仙。
何时犹惬意，晨钓小河边。

◎ 朱永兴

岁末感赋

其 一

匆匆戊戌日翻黄，感慨年来又一章。
岁度四时裁丽句，镜观两鬓叹添霜。
夕朝信步身心健，平仄高吟意气昂。
休慕他人爵和禄，漫行诗苑任疏狂。

其 二

回眸去岁路潇潇，盘点诗囊贬与褒。
寒雪兼程风里过，初衷携梦雨中翱。
每思国运兴文运，常叹贤操生雅操。
只待来年风火日，新词吟到碧云霄。

◎ 华子奇

扬州中国大运河博物馆

邗沟北望溯渊源,锚泊运河高岸边。
万里顺风帆挂箭,千年逆水浪弹弦。
如桅古塔中天立,似笔文峰北斗悬。
暮里回眸云在水,大船驰过万山巅。

◎ 石长邦

夜来独守

老迈蹒跚畏路难,性情愚钝少余欢。
无风无雨清平夜,愿守昏灯到百年。

大旱沟老树

历练风霜几百秋,新枝绿叶尽情柔。
撑天立地遮阳伞,老树根深固水头。

◎ 薛成军

望楼兴叹

工棚寒夜月光悠,溽暑常教热汗流。
早岁犹思城落户,而今不敢问层楼。

◎ 姚育萍

浪淘沙
思 念

玉树系长风,春色从容,垂杨湖港望鱼东。梦里依稀形影处,袖醉芳丛。　　淡抹意稠浓,思绪无穷,琴弦慢理泪花红。情至深时心总挂,问向谁同?

忆江南
杭 州

西湖好,堤柳暗思瞻。风叶莲舟花影动,轻歌红女绿波喃。相忆是江南。　　无限忆,印月漪三潭。风物长留清界里,画栏雕阁小桥南。卿问可曾谙?

山水诗踪

◎ 马　凯

瘦西湖游

瘦西湖畔泛舟游，借取春风信手留。
一棹荡开两岸绿，几弦唤出百花稠。
烟云雾柳朦胧画，曲水回廊错落楼。
难怪骚人多聚此，诗中美景竟相收。

随行张家界金鞭溪

林海苍茫耸峻峰，幽峡深壑蜿蜒行。
石拔木挺争空破，鸟语溪潺共谷鸣。
一路茂林堪蔽日，两厢天柱欲接星。
杜鹃丛里人陶醉，最是惊逢夹道迎。

春游北京植物园

东风一夜绿山坡，花海人潮竟比多。
翠柳千条枝舞媚，绯桃万簇浪翻波。
香摇麝气袭心醉，色泛金光望眼夺。
盛世游人春满面，纵无彩笔也高歌。

南阳武侯祠感怀

襄阳南阳何须争，诸葛孔明本同名。
清潭澈见卧龙影，静谷远听羽扇声。
隆中一对天下定，出师两表世人惊。
巧借周郎攻赤壁，妙遣司马守空城。
令如山倒衔亭泪，兵求心服古台情。
用人不疑疑不用，行事必慎慎必行。
改章革制民厚望，治水屯田谷丰登。
瘁尽终身思良相，死而永生仰忠丞。

◎ 陈幼荣

定风波
东　江

放眼东江云水低。波中百舸竞飞驰。昔日东纵催战马。何怕。九千弟子返无期。　　流水不关成与败。已去。雄鸡高唱换新旗。两岸花繁琼阁立。变革。粤东雄郡创神奇。

山村新景

十里荷花别样鲜，小桥流水绕村前。
总期辛丑无他事，邀请阿娇唱采莲。

◎ 武正国

再登悬空寺

仰望凌空险，登临天地宽。
畅怀容北岳，闲步白云端。

游南京燕子矶

登上悬崖顶，身疑临半空。
两桥排左右，百舸走西东。

历代留佳句，今人唱大风。
清秋宜放眼，夕照满江红。

◎ 郭羊成

夜行山中

寒烟重重漫山川，暮云飘渺清岫间。
斜阳溪照人未还，密林深处响杜鹃。

沁园春
涉　县

巍峻太行，旖旎漳波，百里画廊。有万年历史，女娲故事；八年烽火，刘邓篇章。五指苍山，千秋槐树，犹记知青文化长。登临处，忆兵仙点将，九寨韩王。　精灵似海如江，引无数儿童笑语扬。叹水车巨影，横空出世；玻璃栈道，攀客云慌。红谷蜿蜒，东山锦绣，沃野芳田村与庄。多神秀，数人间美景，还看吾乡。

◎ 郭学焕

过兰荫山

兰荫山下春葳蕤，十里幽兰逸致飞。
今日正从兰畹过，衣襟能不沁香归。

登西天目山

绿满西天目，柳杉千载稀。
日升云四散，雨过瀑双飞。

古寺闻钟鼓，苍山沐晓晖。
登高犹奋力，诗里踏风归。

◎ 蒙建华

安山春秀

春色滋濡泗水滨，安山毓秀吐清新。
莺声呖呖吟名刹，泉韵潺潺咏圣人。
万顷桃园臻妙景，千年杏树靖嘉姻。
携来挚友寻诗意，落笔成章诗若有神。

金乡文峰塔

唐初宝塔峙千年，阅尽春秋识万缘。
文道为峰无旷古，融儒与佛更空前。
一源三教相依影，四德双犀并倚肩。
孔孟之乡皆圣迹，缗城俯拾有遗篇。

◎ 罗卫红

雨中西溪即景

雨过西溪赛落珠，船穿柳影有还无。
青蒿两岸迷烟树，白鹭一旁戏画涂。
圣驾曾临高士舍，芦花未入雪庵炉。
登楼望断茫茫路，鸟啭丛林舟不孤。

鹊桥仙
西湖晚唱

柳迷明月，风摇碧水，保俶雷峰相对。游船入画向喷泉，似又见、西施舞醉。　深情一种，闲愁两处，脉脉满湖波碎。白堤桥断梦缠绵，暗夜里、莲花吐蕊。

◎ 陶 利

高阳台
<small>夜宿黄山，望缺月有赋，效吴文英体</small>

山涌松涛，湍鸣海气，惊秋溯入诗魂。浣絮霜华，惺忪梦影余温。逡巡苦幻羲鞭久，乍劲风、吹尽寒云。那堪怜、孤月凄迷，玉靥如嗔。　　俊游堪叩仙门，怅诸天缥缈，下界纷纭。望倦神山，何人斟酌诗文？哀鹃声外吟髭白，怨怎言、寂寞无因？倚青霄、仍抚襟怀，欲摘星辰。

◎ 李城外

诗经遗韵
南有嘉鱼吟小雅，诗经品鉴众心欢。
澄湖尽唱渔歌子，偶见飞鸿过浅滩。

中堡村一瞥
九八溃口岁悠悠，终见长江缓缓流。
十九军魂悲大地，七龄幼女响神州。
村民背井曾多泣，百姓安居不再忧。
在水一方别噩梦，浪淘尽洗万千愁。

◎ 杨成虎

津门书怀
少年豪气到幽燕，万里拿云一着鞭。
但得登高天自近，尚能看月地何偏。
论时不计风尘客，历劫弥珍书剑缘。
欲达诗怀激扬久，已忘独立朔风前。

望海潮
<small>游清明上河园</small>

张公图卷，皇都重现，梦回北宋繁华。河上逡游，风帘酒旆，徐行似至犹赊。乘醉赏烟霞，爱桥边舞蝶，柳外飞花。两岸行人，更看帆影与轻车。　　名园景物清嘉。到东京食坊，赵大丞家，高阁丽轩，明楼敞店，通衢坊巷官衙。何处更堪夸，是勾栏瓦肆，词伴琵琶。燕乐悠扬，韵随流水绕天涯。

◎ 马明德

浣溪沙
<small>参观阳谷县海会寺与盐运司</small>

华北闻名早已知，妄猜不会过于奇。但看震撼引深思。　　龙戏柱基雕技绝，柏呈莲座客看痴。金丝镶画更多姿。

临江仙
<small>乘高铁自恩施返鲁</small>

步入月台仍往顾，武陵酉水流连。杨梅土酒驻喉绵。梦萦当地舞，眼饱那龙山。　　湘鄂渝相邻几地，土家风俗相沿。户庭修雅挂楹联。边游逢午节，舟赛赏洪安。

◎ 黄昆阳

广州珠江月夜漫步

正是冰轮高挂时,琼楼剪影竞天齐。
大江滚滚吞星月,白浪轻轻吻岸堤。
百舸争流潮正涨,万家尽兴夜方归。
何须劳借骚人笔,月照人间即是诗。

大鹏湾夜吟

一湾浪静慰平生,信步潮前看月升。
心雨轻轻溶夜雨,笑声朗朗伴涛声。
对山爱说兰亭事,面海常吟陋室铭。
安得三杯老黄酒,陶然一醉到天明。

◎ 李国庆

鄢陵鹤鸣湖

谁遣瑶池下宇寰,琼珠耀锦玉生烟。
凌波双燕剪秋雨,戏水群鸥弄管弦。
四面林花依翠柳,一湖诗梦网红莲。
风骚最是云间鹤,忽振清音到碧天。

过白洋淀

百里湖泊起大荒,当年烽火望苍茫。
寻踪每忆雁翎队,觅影常思嘎子张。
水上游击敌胆破,芦间出没我威扬。
汉横八卦天然阵,灭寇歼贼好战场。

◎ 徐 亮

武义江黄杜桥头

葳蕤水岸抵苍山,多少风波入港湾。
夕照一身心事定,去时几度欲凭栏。

◎ 郭顺敏

临朐嵩山淹子岭

好风相送觅诗来,蛰鸟争攀竞技台。
观绿只随云摆动,听山一任画安排。
说说笑笑拾蝶梦,走走停停理淡怀。
泉水通灵还悦我,投些柿影叫人摘。

鹧鸪天
河口采风吟

乘兴分得一抹霞,吟声好古任由它。泼成水墨闲来品,鼓起诗囊自在斜。 河入海,我回家,相从孤岛看槐花。行程满是风流韵,野鸟渔歌绕海涯。

◎ 陈洪勋

沁园春
四明山

赤水丹山,峰领金钟,独峙四窗。纳东瀛瑞气,白云缭绕;西风吹雨,碧岭郁苍。雪瀑流银,青川泄玉,绣锦添花瓜果香。登高处,则披霞散彩,鹤舞鹏翔。 洞天福地仙乡。故文曲光临龙虎藏。有青莲遗卷,千骚留迹;阳明致仕,万杰出邦。立德立言,立功立业,世代英贤大业昌。今吾辈,站巨人肩上,再创辉煌。

◎ 张　南

洱　海
望中景象自难寻，万古无弦妙作琴。
浩荡风清湿云气，苍茫水润豁胸襟。
峰环遥映湖心镜，波碧长辉天际金。
倾耳犹闻天籁曲，恍逢仙界一知音。

卜算子
蓝月谷
滴旋水盈蓝，温润颜如玉。岭上烟云携翠流，疑入仙人谷。　光景自天然，贵在无装束。不觉欣怡吟句来，更欲诗仙续。

◎ 黄　湾

观　松
朝迎云雾晚来风，独自高昂乱石中。
莫道苍凉不成景，有根入地便青葱。

看　海
怪石惊涛涌不休，碧空云疾逐飞鸥。
眼前溅起花千朵，一朵也难簪上头。

◎ 韦俊图

访石洞书院值雨
谁在岚关下，掀开石洞门。
春风花木盛，烟雨涧溪喧。
苔嫩滋阶础，文华及子孙。
新题高尺二，明月拱三尊。

初夏过东郊即兴
偶发听泉兴，能宽避世情。
石榴花正艳，蝴蝶梦初成。
风雨摧枯势，田园滋阜声。
临荷沧浪叟，坐钓一竿清。

◎ 郑鸿奇

梅州老城
老城寂寞立尘寰，回首沧桑一瞬间。
商铺骑楼相接踵，依稀未改旧容颜。

北疆雪岭
北疆雪岭积深寒，满目皑皑玉宇宽。
林木高低相点染，俨然可作墨图看。

◎ 徐吉鸿

访岩坑古村有吟
百亩沃腴田，花溪一路延。
泠泠檐雨下，淅淅湿云边。
石穴敷青草，苔阶袅翠烟。
携琴吟古韵，我亦小天仙。

访贾岛故里感吟
岛瘦苦吟故，推敲月下门。
但循前度影，来觅旧啼痕。
松隐村中岭，溪流岭上村。
荡然清八识，风骨喜犹存。

◎ 艾 院

看雁荡山

但入云霄探远程，人生百度向真空。
声名岂要岩石刻，雁荡诸山四面风。

徽州古城

泼墨无声画卷成，烟霞百里共天青。
南来不作寻古想，为有新诗在高城。

◎ 黄桂芬

顺峰山公园莲湖泛舟

三千花影绕船头，浑似身从画里游。
携得荷风香一片，载将水月梦归舟。

鹧鸪天
题陈村万科水系公园

谁约风生芦荻头，叶梢潋滟月华流。诗情忽逗蛙声起，梦影还从稻浪收。　波妩媚，柳温柔，殷勤何事总难休。繁漪犹自婆娑舞，如踏歌弦互唱酬。

◎ 翁彻袍

文成山庄

吾踏艳阳中，来观雁荡松。
昔临青径月，今沐翠微风。
绕舍水帘洞，开窗山殿虹。
清池双蝶舞，飞入绿荫丛。

过嘉南美地

珍珠百丈飞成瀑，山顶嘉南有碧湖。
长夏林园无俗客，高楼风月有仙姑。
宾来蓬岛行舟远，云近琼台去雁孤。
草色连绵青未了，犹思快马转回途。

◎ 张文婷

游古北水镇

重金营意匠，古镇北山中。
引水绕城碧，栽荷映户红。
缆车登紫塞，歌棹入河宫。
故国隔尘雾，依稀风月同。

初秋即景

园清经宿雨，风物入秋凉。
禽啄柰初落，露沾榴渐香。
青衿何日到，朱果几人尝。
且喜缓时疫，芬芳应满堂。

◎ 赵传法

观水墨大埝蝴蝶馆

斑斓满眼入迷丛，娇似春花五色融。
虎凤琳琅纱翅美，当空双舞落花红。

游象山湖公园

山花彩道野梅香，穿柳清风送晚阳。
荠菜溪头桃叶翠，目随云路碧宇长。

◎ 李建真

盛夏游湖

其 一

湖上扬帆苇荡长,赏鱼忽有绿荷香。
岛间花醉新蛾舞,来客还疑入画廊。

其 二

西向金轮照翠微,园林紫塔碧霞飞。
一双银鹤青桑下,溪暖亭桥映月辉。

◎ 王祝成

荆谷十景之古渡舟横

凄凉水埠入青泥,万丈梅峰云脚低。
南渡轻舟江淼淼,秋来曲岸草萋萋。
苍葭风动樵村小,白鹭潮回渔浦西。
数里黄沙君不见,落晖洒下竹筠堤。

访腾蛟苏步青故居

乾坤俯仰竟风流,曾渡东洋把学求。
休问是非千古事,任凭兴废五湖游。
曙光渐露重开卷,北斗微分高运筹。
难得人生百年约,几何世界数黄牛。

◎ 张和平

西津渡

此处曾经没马蹄,浅深辙印几成迷。
一条千古风烟路,多少沧桑不忍题。

采石矶

幽径岚烟袅,山亭玉树横。
客狂身影幻,风动大江倾。
采石矶前浪,三台阁上晴。
天高呼太白,万里壮诗名。

◎ 林建兰

山 行

山行多古意,我本自然心。
十万幽竹径,三千流水音。
云光浮远岫,岚气动深林。
今且拂衣去,也学高士吟。

◎ 陈 倩

春游紫琅湖

云慢晴空碧,清波入眼绵。
平湖谁赐镜,比岸秀双天。

南通濠河风景

一脉清泓巧串裁,灵山紫气驾云来。
环濠小径通幽杳,踏浪轻舟入景徊。
城坐波中疑水府,客游画里赛蓬莱。
名人古趣沿河秀,夜就繁灯尽数开。

◎ 杨寄华

回故乡

蒲塘千古享祯祺,兴业栖居总合宜。
漕运长河多丽色,石铺镇道奠宏基。
天祥百岁牌坊耸,乳菽三香御笔题。
域土含硒人养寿,江南江北竞芳姿。

鹧鸪天
参观乐百年小镇

千亩荷塘碧映天，声声鹭鸭唱怡然。当年旧宅无寻处，古镇江乡有美篇。　　晨讲道，夕参禅。世间居士尽诚虔。往来多少神仙客，种得春光已满园。

◎ 罗陆艺
大容山三片石

其　一

莫道何时盘古开，花岗欲砌凤凰台。
雄姿郁郁容山顶，遍地仙家鱼贯来。

其　二

白云深处陡然开，星闪窗棂月作台。
天设奇观谁见得，九州风劲贵人来。

◎ 张晓邦
放歌篆畦园

篆畦长友乐，指竹好翁来。
书味乘桴客，燕嬉耕养台。
桧亭翠柏貌，羽化丹林开。
相聚归樵岭，无弦任剪裁。

上金谷

八仙到此意如何，今日上金随处歌。
过海神通曾显摆，惠民仁义便婆娑。
不离不舍韩湘子，一意一心蓝采和。
范蠡关公同执手，敢教山谷耀天河。

◎ 姜云姣
游蔡甸九真山

驱车邀友到玄真，鸟语花香万点春。
溢彩青山犹带露，含羞镜水正描唇。
锦鳞画舫犁云浪，绣羽杉桥访旧邻。
丝竹知音飘到耳，妙词美景最堪珍。

拜谒贾公祠

阆仙故里月敲门，盛世重光小墅村。
索道寻芳撑傲骨，求贤怀远觅诗魂。
三年逸兴千金诺，双泪清吟万古存。
落叶松风多坎坷，奇葩千朵照乾坤。

PK唐宋

◎ 陈植旺

咏 鸡

一声晨唱仰文冠，不畏弥天风雨寒。
更服此君真度量，从他鹤立惹人看。

◎ 丁海军

携小女游北戴河

船归霞起日徐沉，小女沙滩仍找寻。
粉手捡来花贝壳，说能听到海声音。

◎ 丁稚鸿

托孤堂感怀

为酬三顾许驱驰，白帝城边草木知。
阿斗分明扶不起，关山戎马累王师。

沁园春

书

莽莽书山，林暗层崖，雾迷顶巅。把如花岁月，全都负却；青春热血，悉数抛捐。目击千秋，胸藏万卷，赢得浮名远近传。登临处，叹流光暗逝，身瘦衣单。　　儒冠总误前缘，问二孔方丘何者先？算渊明学富，还耕垄亩；谪仙风韵，放逐江干。魏晋文章，汉唐诗赋，可否将来值酒钱？拜拜也，到祖龙坑内，好化云烟。

八声甘州

重建匡山书院

看苍崖三面拥书台，大匡访贤踪。正花明千树，泉飞百尺，鸟唱群峰。眼底丘峦竞秀，城廓画图雄。多少沧桑事，问取山翁。　　闻道谪仙曾住，有孤松手植，古寺云封。叹当时一炬，都付小炉红。剩年年、荒台冷月，算几回、寂寞照征鸿。登临望，千山雪化，万里春浓。

注：大匡山，距江油市区约二十公里，李白少年读书学剑处也。孤松手植，清彭址《读书台怀古》云："台畔苍松色如铁，云是太白手所植。"

水调歌头

登黄山

久做黄山梦，一梦到黄山。振衣千仞岗上，襟袖拂寒烟。丽日云腾海啸，异石霞飞松护，鸟道绝猴猿。我欲乘风舞，佳处胜蓬山。　　穿奇径，攀峭壁，步危栏。玉屏东望，天际缥缈一梯悬。行至盘丝栈道，忽悟希文妙句，进退总忧先。梦里频惊起，犹在险峰间。

水调歌头
子母石

戊辰年八月，台湾友人应余之邀，为江油市李白纪念馆捐建归来阁。其时先生托人代赠子母石一枚予余。时逾十年，每感其用心深致，故作《水调歌头》一阕云。

道是昆仑出，小大两圆圆。补天留此灵物，娲氏遗东南。一任波涛磨洗，哪管风雷激荡，依旧紧相连。母子恩深重，大陆与台湾。　　海疆隔，灵犀共，意拳拳。春晖游子，乡国争说蔡公贤。情似长城迤逦，血共黄河流淌，五岳矗其间。石照中华影，心寄舜尧天。

满江红
归途

梦里乡关，驰征盖，归心箭发。童年事，登高涉险，几多欢悦。牧笛吹开苍岭雾，牛鞭甩出青天月。竞高歌，曲曲故园情，飞林樾。　　羊肠道，曾经别。三十载，从头阅。任驱车直上，白云宫阙。素练空垂天地瀑，长堤漫锁江川雪。被风流，一扫旧时颜，千秋说。

金缕曲
登剑门关

依旧金汤固。矗天穹，群山叠翠，碧霞烟树。双剑凌霄擎霜锷，七十二锋高举。要除尽、贪狼腐鼠。天险于今成坦道，沐春光、夜走秦川贾。风细细、竟和煦。　　剑门自昔风云布。怪当年、五丁多事，演成今古。绝唱千篇垂石壁，岂独放翁李杜？惜不见、姜维庙宇。四过雄关三驻马，喜今朝、一代风流聚。招美玉，赋《金缕》。

金缕曲
飞花叹

"5·12"地震中，无数青少年如乍放之花朵，转瞬即逝，故痛定而恸之也。

转瞬芳华减。看枝头，才开数萼，又凋多片。记得震前初露笑，一笑人间烂漫。岂今朝、摇头叹惋。我自层楼高处卧，似秋千、荡在云霄半。天柱折，不周陷。　　汶青平北沧桑变。一挥间、山崩地裂，画楼人散。恨不飞身临险境，换取青春笑靥。春已暮、花期太短。欲把盈眶山河泪，助落红、直教春无限。明日也，更璀璨。

水调歌头
绿意天台山致同行诸公

袖拂千林翠,绿染九重天。白云不敢潇洒,怕被绿成山。泉水穿罅出窍,杉树冲霄合抱,空翠湿衣冠。刚步天台路,已绿到心田。　　风也绿,鸟也碧,笑都蓝。香溪十里,数叠飞瀑下岚烟。掬起甘泉玉液,涤尽尘心俗虑,表里尽如兰。共饮山中绿,一醉但忘年。

注:2011年6月,四川省诗词学会理事会在成都召开后,有邛崃天台山之行。

贺新郎
震后登李白读书台,饮于"诗仙阁"。

未拜书台久。喜今朝,登临又是,伴妻偕友。眼底风光争入画,让水霞飞浪吼。俯群峦、龙行蛇走。东望青山云隐处,问谪仙、可饮同名酒?聊借此,为公寿。　　三杯饮罢凉秋九。古书台,云拥碧落,鸟窥朱牖。一盏华堂飞笑语,一盏曲香盈袖。更一盏、群山抖擞。劫后重教添异彩,盼归来、点点黄花瘦。芳泪滴,尔知否?

◎ 李荣聪

瞻武昌首义纪念碑有感

一声户枢响,大门砰然开。
龙旗倒下去,共和走出来。

报冰堂怀张之洞

一支汉阳造,击中贫与弱。
万里来抱冰,呼君下黄鹤。

竹缘别墅品茗

人坐疏篁里,茶烟月上浮。
饮尽杯中月,始觉竹荫流。

有燕巢于球场边

春风一挥棒,归翼剪剪开。
泥垒如手套,握出小燕来。

游碑林见多为墓碑

玉碑穿时空,如愿成瑰宝。
游人久摩挲,尽说书法好。

松径

松阴软似云,有菌红如耳。
小路闻人来,逶迤入林里。

晨望

旭日开金帐,黎明带鸟声。
烟似白襁褓,山自半空生。

月亮湖

岸开湖似月,云动水无波。
渔翁急收线,许已钓嫦娥。

望 雨

白棉变黑棉，雷母纺成线。
千针复万针，天地缝一片。

车家坪遇种黄莲者

除草如拜土，看天忙遮帘。
种得山山苦，长出日子甜。

◎ 廖国华

母亲节有感

梦里家常细细拉，旧时伤痛早结痂。
杯中有限从难醉，兜里无多也够花。
小病养身休住院，乖孙远嫁喜添娃。
人生到此唯一恨，已过三年未喊妈。

◎ 李建新

咏鞋垫

旧布成鞋垫，娘亲密密缝。
人生双脚暖，不怕走冰层。

◎ 刘 丰

客行过竹溪

客山林幻故山林，竹里溪桥熟又亲。
不信你听枝上鹊，分明句句是乡音。

◎ 刘健华

悼加勒万英烈

西向烟尘犹未平，云翻远塞雪山横。
男儿舐尽刀头血，要勒昆仑碑上铭。

◎ 刘鲁宁

答老同学

君至寒斋盛宴无，烹茶烫酒有红炉。
廿年故事同追忆，随手如翻几页书。

◎ 刘能英

西江月

老 趣

布谷雏儿试嗓,棉花种子翻身。槐根蚂蚁急行军,编队有条不紊。　看得病眸酸胀,转回驼背逡巡。遇鸡问路遇鹅跟,以免家门错认。

◎ 马星慧

西江月

陪公婆湖边小坐

赏景不邀师友,采风只带公婆。悠然柳荫数群鹅,结论三番相左。　笑意舒开鱼尾,心湖泛起柔波。抽闲相伴意如何,万事轻成云朵。

◎ 彭 莫

绝 句

石荫深浅苔，漪影高低树。
古岸无舟楫，一夏蝉声渡。

戒酒逢友人招饮

绿蚁红炉暮雪霏，真香定律每难违。
君先醉倒休相虑，自有街灯送我归。

乡居夏日
老歌循放伴蝉鸣，瓜果清甜井水冰。
午后树荫风缓缓，蜻蜓排在晾衣绳。

非洲印象
万里蹄痕逐草痕，低云孤树血黄昏。
盘旋鹫影风无已，亘古荒原隐象群。

同学会
四载寒窗忆旧容，生存梦想各西东。
举杯且惜今宵聚，总有些人不再逢。

小　城
十月秋光溢小城，昔年巷口雨初停。
归来游子别离客，都向黄昏深处行。

三月十日雪
春雪如诗尾，余意到窗畔。
轨迹融于夜，只向灯前看。
天使翅羽轻，庄生蝶梦幻。
物理有循环，明冬复相见。
莫趁六月飞，惊呆小伙伴。
某年春亦雪，城市深且隽。
谁没车河中，一夜望楼岸。

金小鱼之看牙记
乳牙数粒黑，入夜频喧闹。
儿时未禁糖，我心痛检讨。
友托友托友，预得专家号。
钢械未沾唇，海豚音已叫。
猫警长投降，奥特曼哭了。
方信英雄气，牙医座上少。
我佯视墙画，鼻酸君莫笑。
医者解父心，况畏幼齿咬。
告以麻醉术，一梦除忧恼。
四牙一万元，红包犹未缴。
为父金自足，午膳拌青草。
手术定来月，排句代祈祷。
闻说诗欲佳，主题须深镐。
苦思终无功，大义暂不表。
祝愿小朋友，牙齿都很好。

金小鱼之熊出没
拒称鱼名久，新号曰熊大。
谁扮光头强，荣誉属老爸。
鞋盒马蜂窝，电锯晾衣架。
尺度忍直看，央视必打码。
一定会回来，败逃语犹吓。
乱入灰太狼，就问怕不怕。
忽记童年志，历历清于画。
愿入人间炮，怪兽尾可踏。
愿着金圣衣，守护雅典娜。
丹佛宜宠物，奔奔为座驾。
正义自当胜，热血拯天下。
一夜忽成人，梦厦无片瓦。
浮沉逐人潮，车房论身价。
生活即妥协，底线如燃蜡。
入眠每凭醉，对镜时觉假。
夜深儿安睡，笑容唇角挂。
宝贝慢发芽，世界非童话。
宝贝快发芽，不怕白头发。

◎ 沈鉴宇

忆儿时滑冰

夜缀冰河风作针，急溜哪顾薄难任。
晨昏百遍爹娘喝，一串笑声甜到今。

北京冬奥会会徽"冬梦"

重彩新徽濡墨浓，健儿形象写成冬。
俯身冲雪风生腋，蒸汗融冰火在胸。
酷暑五环常掷虎，严寒万国亦腾龙。
英雄只合赛场见，莫较沙场杀伐功。

◎ 巫资华

风

莫道无形迹，行藏天地中。
春梳亭外柳，秋落岭边桐。
鼓浪千江急，披云万里空。
岂由人使遣，吟啸自西东。

春分晓起

柳风轻送暖，朝雨细如丝。
东屋巢归燕，南坡响画眉。
土松青笋出，花盛紫藤垂。
畎亩犁铧动，千家播谷时。

山 行

薄晓蹑芒履，缘溪负杖行。
草深遮仄径，露重湿繁英。
密树岚烟锁，空崖瀑水鸣。
路穷将欲返，高处响人声。

春游万绿湖

泠风轻拂袖，野岸日迟迟。
草正萌新叶，竹初生嫩枝。
雪鳞何款款，碧水自漪漪。
一棹云汀过，惊飞万鹭鹚。

村居即兴

泉声响溪谷，白鹭憩平桥。
楼倚千重岫，畦栽万垄苗。
闲云来去客，野叟短长箫。
黄犬无聊甚，绕篱嬉小猫。

访鹿湖禅寺

古刹云中隐，遥闻烟火靠。
鸟闲啼野树，花落扑行衣。
鹿影印潭水，钟声响翠微。
所来无别愿，只此看霞飞。

东江春事

东风吹暖雨毛毛，江北江南莳稻苗。
燕子檐前泥一点，莺声啼出笋千条。

重游义都龙潭

停车伫步访深幽，丛翳藤萝牵杖头。
山鸟来迎旧相识，一声啼破碧潭秋。

登高偶题

青山凭眺动沉吟，北峡南坡万树林。
道是乾坤不私载，向阳毕竟秀于阴。

赤枣子
河源春令

青杨柳，绿桑麻，春深桃李正飞花。沙鸟悠游舒翼翩，泠风婉软拂蒹葭。　夕阳下，系归槎，新丰江水煮新芽。入夜星河摇月色，一城灯影半城纱。

◎ 奚道华
雨

如墨云将远岫吞，凭栏伫看雨翻盆。
潇潇携我思乡梦，泻入长河抱小村。

◎ 徐艺宁
庚子春于潍河岸

去年此地落花深，欲溯潍河无处寻。
入水残阳扶不起，始知岁月是流金。

遣　怀

知音一何渺，旷世不相逢。
昨夜梅前立，看她寂寞红。

寄　远

意寄青山外，知音宁久违。
抱琴成一啸，四野乱云飞。

秋

风自云中下，千山草木倾。
天边一行字，抖落雁鸣声。

黄　河

浪涛滚滚说兴亡，兴亦唏嘘亡亦伤。
只道沧波容易怒，谁怜一痛九回肠。

剑门关

绝壁穿空鸟道昏，蜀中风物为谁存。
武侯去矣精魂在，明月提弓出剑门。

◎ 星　汉
再登窦圌山怀太白

镌碑残句又相招，白发朱颜到碧霄。
健步随风沿路上，朗襟抱日带云烧。
今朝未见君归鹤，此处方由我续貂。
说与山灵犹自慰，豪情虽减未全消。

　　注：《方舆胜览》载李白《题窦圌山》："樵夫与耕者，出入画屏中。"仅此二句。于右任书后，镌刻于石碑。

临海龙兴寺

梵呗声声出大唐，天台弘法起慈航。
千年已了三生愿，万里长烧一炷香。
山顶浮图擎玉宇，门前流水到扶桑。
逢僧殿外移时语，不觉城头下夕阳。

◎ 叶元章
出席金秋敬老诗会感赋

岁月匆匆鬓已华，晚来犹见满天霞。
寒斋亦有阶前土，不种招蜂引蝶花。

◎ 杨逸明

西江月

<small>京城雪后逛琉璃厂文化街</small>

漫步来寻文化,琉璃遍缀琼瑶。旧书店里尽情淘,几个闲章甚好。　不逛西单北海,未游王府鸟巢。文房用品入背包,支付零钱得宝。

◎ 袁振东

登莫愁湖胜棋楼

小楼名胜只缘棋,局里乾坤弈者知。
锋避九星非将怯,字排万岁释君疑。
大明功狗烹都尽,太庙从龙飨独遗。
今日纹枰闲落子,莫愁湖面起涟漪。

咏紫藤王

<small>南京郑和公园,郑府后园故址在焉。有紫藤一株,逾六百年,传为郑和手植</small>

钟山紫气竟谁承?永乐花垂不老藤。
六百年来风雨夜,浓荫摇若海潮升。

◎ 钟振振

江苏盐城大洋湾赏晚樱

其 一

洋湾莫叹赏樱迟,情定三生约有期。
为我粉身成一舞,满天飞雪带胭脂。

其 四

词客忏情儿女悲,瘗花铭后葬花辞。
飞樱成阵风追雪,说与雄奇总不知。

其 五

自古余春咏落红,悲悲戚戚苦声同。
心肠我与前人别,只为舞樱歌大风。

盐城湿地珍禽保护区咏丹顶鹤

才听清唳动平皋,便有红霞贴水烧。
白羽翎飞一簇火,霎时沸了海东潮。

小雨夜集卧佛山庄

香山院落夜清嘉,歌曳新秋树影斜。
无酒何妨人亦醉,暖红烛放雨中花。

九寨沟珍珠滩瀑布

灌木丛梳水发披,跳珠万斛紧相追。
一滩摇滚流行乐,跌作瀑声终古雷。

登悉尼大桥观海日东升

一道钢梁束海腰。横空有客立中霄。
两三星火诗敲出,曙气红喷百丈潮。

悉尼歌剧院

谁攒琼贝立金沙,谁集烟帆走素霞。
谁把蓝天红日下,白云幻作海莲花。

公刘墓

一编青史斫人头,于野群龙战不休。
都道为天民以食,农耕谁记笃公刘。

◎ 余青海

题友人所摄我与落日之艺术照片
长焦快镜任君忙,拍我天边捕夕阳。
只恐流光轻遁去,紧攥它在手中央。

◎ 曾玄伟

元日感言
又到屠苏后饮时,逢春每恨惜阴迟。
笺天假我百年寿,要为人间留好诗。

◎ 张明新

岳坟有感
谁废黄龙扫穴功?跪坟莫只四堆铜。
杭州应耻都南宋,半壁江山醉梦中。

夜 坐
薄酒消清夜,孤灯满小楼。
鬓丝添乱线,一味织乡愁。

咏葡萄
青藤垂紫串,绿荫净红尘。
自有明珠贵,不将花媚人。

咏项羽
逼汝别姬人,帐前曾执戟。
无能识帅才,空有重瞳碧。

题麻姑像
几经沧海变桑田,六欲如今诱到仙。
只恐麻姑伸指爪,不挠痒处却抓钱。

示神交友
风尘不染即知音,何必江天夜听琴。
荷在清波梅在雪,两般风景一般心。

看地图
桑叶雄鸡辨得无,山川清晰泪模糊。
周围多少异颜色,曾在神州旧版图。

自吉返鲁途中
南归情意自殷殷,千里山原白日曛。
闻道家乡冬不雪,进关我带一天云。

咏 史
钓时已袖六韬书,耕处曾筹八阵图。
千古英雄谁个是,一渔翁与一农夫。

杏 花
三年前种一株芽,今岁庭中始看花。
树要高枝墙要矮,好分春色与邻家。

◎ 周粟庵

偶忆之那场露天电影
阶上偎肩月色凝,那场电影已亡名。
花开栀子今犹是,岂料我们如剧情。

◎ 朱 帆

席间遇当年红卫兵
伤痕劫后可曾瘳,又阅人间几度秋。
蚁穴王侯原是梦,牛栏神鬼本非仇。

何妨此夜斟鸡尾，忘却当年砸狗头。
莫笑重逢仍瘦骨，沈腰潘鬓也风流。

◎ 张智深

春 望
兴安岭上最高亭，万里青空晓日平。
潮涌春花红向北，今朝已过古长城。

谒烈士陵
石碑遥对楚山青，玉砌萧萧满落英。
但见春风长扫墓，不知何日是清明。

古粗陶碗
尧沙禹土塑千年，总为寻常百姓餐。
若使一朝空豆粟，翻来自可覆江山。

过孟姜女庙
关山渺渺卧娉婷，遥看苍龙入海平。
香火千秋空国色，君王未必爱倾城。

故 乡
官街酒巷柳婆娑，疏雨飘寒梦未磨。
几度归来秋色里，新楼渐比故人多。

重阳登松峰山
一杖逍遥踏晚凉，长阶是处菊花黄。
老夫志在松峰顶，不畏山高近夕阳。

中秋月
桂魄盈盈带露寒，神州无处不凭栏。
可怜一片中秋月，多少相思补得圆。

小外甥上小学三年级
肩上书包手上球，新天地里作春游。
儿童不解寒窗苦，乘以天真除以愁。

荷
斜倚清波不染埃，秋风摇曳满湖开。
夕阳才下青青叶，一串蛙声跳上来。

登鹳雀楼
鹳雀知何去，人间独此楼。
山移沧海日，云渡大河秋。
莽野失铜郭，沉沙出铁牛。
凭轩且高咏，不负季凌眸。

合璧联珍

周逢俊诗画作品

周逢俊，别名星一、与青，斋号松韵堂、庄房别馆。清华大学美术学院山水画高研班教授，北京师范大学启功书院艺委会委员，安徽省美术家协会顾问，安徽省中国画学会副主席，长城书画研究院名誉院长，周逢俊美术馆馆长，中国美术家协会会员，中国散文学会会员，中华诗词学会会员。

克孜尔石窟

西行旧事没沙丘，远近苍山野草秋。
星月雁斜穿栈道，风霜马急走丝绸。
唐添富丽龛尤盛，事到艰难佛已休。
万劫空存千古色，游来到此几人羞。

与诸乡贤登龙兴寺兼游仙人洞

径过云端再上楼，乡关熠熠到心头。
岩花固守唐时韵，洞府犹存汉代幽。
空惜乌骓楚将勇，长遗楚岭美人愁。
苍茫一片风和日，不尽晨昏照古州。

登嘉峪关

西出祁连第一关，流沙戈壁万重山。
平丘崛起孤星亮，要塞长存落日悬。
古道犹言征战累，高城可记戍边还。
丝绸路上驼铃夜，千载悠悠风雨间。

过居庸关怀古

独上嵯峨塞外山，野花残冢白云间。
连营壁垒屯幽隘，戎马逶迤绕古关。
岂信狼烟惊国愤，应怜佞色惑君颜。
龙门不拒轮回事，万里城头几代闲。

哭江城

疫域春来作楚囚,江城路障滞寒流。

冠魔一怒河山累,天使千叹家国愁。

去鹤空留鹦鹉讯,登楼岂啸木兰舟。

无边暮色连宵雨,不废风澜日夜留。

五丈原

登临一兀万塬开,多少沉思带不回。

渭水难圆刘主梦,秦川却固魏王台。

神机不敌天机运,气数长销命数催。

六出祁山唯报国,荣衰竭尽一人才。

石桅岩

孤身擎立万山中,白鹭滩头古木丛。

乱石穿云形漠漠,斜松挂瀑意蒙蒙。

朝闻雨歇虚虹影,夜赏星移幻梦空。

只秀高桅无远志,缘何能与大潮融。

雨中访山家

步入云关山几重,东南屏障雨随风。

秋藤蔓裏孤僧道,迟卉香飘百鸟峰。

挂壁楼悬三五户,披崖瀑落万千松。

竹篱门外迎佳客,酒备堂前待画公。

满庭芳

登烟雨楼

烟雨潇潇,暮春时候,落花往事迷离。满湖销得,香影渺飞飞。不尽春风杨柳,尽迷乱,梦影难随。登高处,轻愁不肯,想忆却为谁。　　逶迤,循旧韵,芳园草径,细雨观漪。想多少风人,几遇佳期。鸠鸟关关旧日,朦胧里,玉立蛾眉。今何在,绿洲寻遍,人瘦叶争肥。

水调歌头

重阳游阳朔

朝雾半峰白,玉影列金屏。潮来休管深浅,浪漫溯秋声。重过筠亭柳渡,闲看沙洲旧景,九曲到兴坪。携酒上苍壁,即咏会高朋。　　光阴累,三径短,势纵横。大江南北,风雨不弃向峥嵘。老去青春无奈,百岁蹉跎哪肯,未竟惜余生。丈步揆云路,万里自由行。

海外诗鸿

海外汉诗辑录

陈小明/辑

澳大利亚

◎ 陈玉明

悉尼谊园雨中颂诗

细雨绵绵下，丝丝落柳池。
青蛙莲上跳，野鸭水中驰。
翠盖飘晶露，红荷舞美姿。
浮香熏两岸，把伞颂诗词。

蓝山看秋枫

假日闲闲游念动，邀来挚友兴冲冲。
云崖顶上观迷雾，姐妹峰前看美枫。
妙在朦胧飘渺处，奇于恍惚变形中。
逢秋每到南瀛地，满目蓝山点点红。

◎ 王香谷

昙花一现双株竞秀

疏星明月夜莺啼，竞秀双株怒放时。
玉蕊冰姿香气远，良宵残漏至情痴。
三生石上同三世，一现庭前又一枝。
感念花仙多惠顾，清光不负觅新诗。

辛丑元宵感怀

去岁上元花市空，今时碧树晏灯红。
铁关金锁开千邑，郑女燕姬歌九宫。
送别瘟神春色满，相思桑梓客心同。
何如插翅万山越，绮梦三更明月中。

读王国维《蝶恋花·阅尽天涯离别苦》并以"朱颜辞镜花辞树"入句

朱颜辞镜花辞树，万物枯荣皆有时。
阳暖阴寒犹数变，绿肥红瘦总相宜。
云连客路悲风雨，人在天涯苦别离。
苍狗白衣成旧梦，残春尚惜牡丹枝。

辛丑上元节

辛丑上元夜，团圆酒几巡。
灯前郎射虎，月下鸟依人。
国泰万家乐，花荣四海春。
马龙车水处，沉醉共良辰。

欣闻2021央视元宵戏曲晚会在家乡东台录制有寄

元宵晚会在西溪，瑞霭祥烟笼凤池。
万盏花灯千树碧，一轮明月九衢熙。
金声玉振天仙配，盛世芳辰团聚时。
实景流光弦管秀，梨园春色古今奇。

◎ 何　芳

行香子
无悔平生

无悔平生，莫问曾经。斜阳外，浪里舟轻。风云际会，检点新晴。借半壶酒，一弯月，满天星。　　人生况味，剩了豪情。又何必，忍向身名。一肩冷暖，欲寄无凭。便忆江南，采桑子，踏莎行。

行香子
夜思

看惯人间，灯火阑珊。道今生，月为谁圆。待寻来处，许爱随缘。任暗香动，流星过，内心安。　　回眸一笑，往事嫣然。借东风，描个斑斓。相忘物我，淡了悲欢。且伴秋菊，赏秋月，共秋蝉。

行香子
看同学老照有感

滚滚红尘，历历年轮。恰多少，梦里青春。闲翻老照，旧忆重温。叹那些年，那些事，那些人。　　光阴暗底，细凿眉痕。任朝霞、散作烟云。天涯路远，别后难陈。惜情之浓、笑之灿、语之真。

◎ 常　旭

戊戌除夕夜宿狮城

雨逐潦炎去，风催爽气生。
夜阑无爆竹，却喜鸟争鸣。

为噪鹃正名

平明急急为谁鸣？底事熬红尔眼睛？
唤醒人间沉睡客，管他风雨与阴晴。

红原鸡

己亥新春赴新加坡，偕友登山，见野生红原鸡数群，觅食于草丛树林，悠然自得。其毛色、形态以及步伐，酷似少时家养土鸡。如旧友重逢，倍感亲切，裁诗以纪。

少小常为伴，昂然步态娇。
不知时世厄，异域自逍遥。

孔雀开屏

羽翼自华贵,芳姿万众夸。
何须争一宠,羞处尽无遮。

◎ 洛 村

雾笼山水

烟岚山水宁如镜,绿岛湖光佳境幽。
可有神仙居此处,醉翁遥指画中舟。

听 风

淡墨描云岫,苍松入皓穹。
临巅高览处,禅坐静听风。

昙 花

不染胭脂不染尘,娇花盈绽意欣欣。
恩情深浅随缘至,不负光阴不负君。

昙 花

玉润冰清妩媚生,娇花望月吐深情。
仙姿绽秀风中盼,雅韵含香幕下迎。
缘起缘来缘有宿,雁归雁去雁留声。
阑珊一梦今宵短,不负良辰不负卿。

◎ 王 谦

元夜遐思

笔下红梅作画屏,氤氲紫气绕空冥。
莫非春色连天近,合是诗情接地灵。
桂满楼头三五夜,樽移座上一团星。
时逢雅客猜灯谜,郢乐萦萦最动听。

◎ 康有才

春 早

柳翠依依露嫩芽,莺歌款款醉春纱。
山边淡淡生云迹,尽是枝枝绽杏花。

三八节有寄

白衣天使可称神,病疫来临不顾身。
回首逆行风雨后,神州老少赞恩人。

上元有寄

一夜东君满地新,枝条打绺拂苏尘。
轻寒仍觉多晨露,渐暖方知少暮垠。
柳染悠悠才浸晓,酒熏烈烈又沾唇。
上元可与谁同醉,应是篱边赏月人。

◎ 香水百合

老有所乐

相牵春色入深湾,万物争荣换旧颜。
落絮几重花影里,浮萍数点水光间。
对禽幽径双回舞,半月推窗独去闲。
莫与晚凉伤寂寞,觅诗亦可往诗山。

◎ 周伟强

诗坛即景

正月春临柳叶开,金牛献瑞载歌来。
曲扬地转千诗美,声动云飘万里埃。
藏典七贤承杜句,入坛四海展文才。
唐风宋韵今时热,且赞骚人二百回。

漫步长堤畅想曲
逝水东流景物幽，年初岁月尽悠悠。
南疆已是桃枝艳，北塞初看春影浮。
开泰三阳五洲唱，颂诗一首众人酬。
放怀极目飞鹰唤，海阔天空最自由。

◎ 毯春声
园兴起
彩凤雕楼布玉英，弓桥绿水渡春风。
推敲乐曲寻归处，细究音符定旅程。
世道沧桑单调色，人间挚爱满庭声。
龙吟虎啸新生代，暮鼓晨钟不老翁。

◎ 秋 笛
春到燕园
湖畔粉红姿，朦胧碧柳丝。
春风吹过去，花味总相知。

◎ 程立达
上元节于帕市公园
幽寂圆光泻绿茵，异邦清月大如轮。
多情总在元宵晚，漫步草坪无故人。

季夏乔治河南岸徒步
辰时风雨午时晴，且效东坡策杖行。
忽见野塘荷烂漫，疲殚旅步顿轻盈。

除夕忆
爸书楹对我糊墙，姐摆供茶妈上香。
小弟猫门躲鞭炮，今宵拥被自思量。

邻街华裔老者
镇日孤零坐宅门，眼神空寂对晨昏。
生涯多少悲欣事，都化苍凉域外魂。

◎ 江哲彦
布村河边曲
南园异域候清明，艳日秋莲七彩生。
鸟探池塘寻食趣，人吟古调弄弦轻。

布村秋言
清明时节望南洲，日丽芳菲鹊语柔。
兜率宫遥人自逸，仙家俯就拂尘悠。

◎ 随爱飘游
踏莎行
元 夕
夜色澄明，繁星闪耀。一轮皓月枝头俏。街灯辉映赋情浓，春花烂漫迎宾笑。　江水清欢，人声喧闹。游园猜谜歌声绕。千端往事尽烟云，殷殷期待知多少。

迎春乐
春天气息
梅花万点春归早。起春风、拂春草。沐春晖、旷野春芽笑。翠柳舞、春来闹。　春意暖、春眠难觉晓。春梦里、醉聆春鸟。蝶恋春情缭绕，不负春光好。

青玉案
缠　思

烟波浩渺纤尘路。燕子别、天将暮。江上孤舟无定处。柳依堤岸，情随风雨。离索凭谁诉。　　腊梅轻绽香如故。彩蝶纷飞梦无数。独酌窗前邀月度。一泓杯影，几年愁绪。多少心期误。

◎ 老夫子
卜算子
送友北归

前日约科湖，共赏风荷叶。此际云程独北飞，却向缤纷雪。　　故国远南瀛，颠倒春秋节。待后邀君共举眸，只在中宵月。

◎ 方　白
苏幕遮
近涛声

近涛声，风满路。露薄青浓，碧水横沙树。日色空蒙帆影驻。乍下还回，逐浪惊鸥鹭。　　蓦回眸，芳草暮。何处吹箫，勾我离人步。愿挽残阳秋共度。秋色虽迟，尚有秋花顾。

◎ 蒹葭REED
梨　花

点点若流星，银河挑剑翎。
收来残雪露，倾入故人瓶。
无复深愁夜，空余碎梦汀。
石基难护蕊，何苦落瑶庭。

胡杨树的千年之约

旷宇遗荒不肯眠，为谁声喏旧时颜？
沙沉寄隐知音少，月冷裁诗和者难。
入画却嫌名帖引，出尘且共古琴弹。
蜉蝣未解沧桑意，才有胡杨自在篇。

浣溪沙
水仙花

黄盏出尘墨绶中，青簪别上玉娇容。诗经移向月屏风。　　最是骊歌啼婉转，哪堪蝶梦碎玲珑。无由泪湿浣花翁。

杏花天影

辛丑正月，游悉尼以南之卧龙港。疫情困足，久思故国不能归。雨至。看鸟穿轩，听潮拍岸。

乱潮争弄凭栏处。怎知信、烟云锁雾。又吹萧雨遇凄风，叹顾。倚亭前，更不语。　　离离岸、天涯望阻。乍盈泪、悲欢寸缕。故乡楼阁少年时，却步。问如今、甚怨故。

新西兰

◎ 李晓明

武汉封城解禁有作
望终可望泣当然，忍忆江城楚水寒。
一曲歌催铅泪下，千重浪向白衣攒。
补天既有娲皇石，弭沴争无老子丹？
葱郁劫波难卷尽，龟蛇卧自枕春澜。

注：一曲歌：指庚子鼠年春节传遍大江南北的《武汉伢》。

疫灾期间为留学生增开视频课堂
倚屏绛帐设黉门，风雨同天例出新。
及幕凝眸横万里，掬曦溉蕾煦三春。
时危疫逼忧中智，思苦心牵境外人。
课罢生餐图一组：梅西暖色接云津。

行香子
偶探骊珠

偶探骊珠。灌顶醍醐。愧醒迟、识陋才疏。吟坛壁垒，华屋丘墟。惑孰高下，孰加减，孰兰刍。　　疑团纵在，懒问闳儒。算先贤、李杜辛苏。阿谁自辨，廊庙江湖？者十分傲，三分哂，七分娱。

美国

◎ 周 荣

贺沈阳张丽辉诗友《晓晖诗词选》面世
心灵纯洁赋佳篇，丽句清词出自然。
笔意纵情情入韵，欣看在水一茎莲。

享晚晴
庆幸今能享晚晴，附庸风雅趣横生。
长遵规范还遵诺，最爱才华略爱名。
籁寂倚窗观月影，灯阑遣兴纵诗声。
年光感慨毫端寄，每表俱来一往情。

新年絮语
当下谁仍忆昔辛？悲欢往事已成尘。
青春消逝余残梦，岁月厮磨变老身。
应见新年开气象，还期早日送瘟神。
上苍速赐安全感，拯护浮沉孽海民。

◎ 薛恭晖

忆江南
怀旧

歌岁月，思绪已无踪。空忆幼时玩把戏，时如飞虎也如龙，痴梦一重重。

合家欢聚

期待家人聚，欢欣度晚霞。
清晨尝素味，薄暮款鱼虾。

谈笑生情趣，杯盘盛酒茶。
月明高挂夜，得意乐天涯。

◎ 梅振才

赏李春华老师山水国画

挥洒神来笔，乡思漫海涯。
荒原花有色，野岭谷无霾。
隐世溪边柳，埋名屋后槐。
古今同意气，山水寄情怀。

◎ 武福生

圣诞思乡

其 一

乡关万里几多重，圣诞华灯满九冬。
朗月清风添眷念，亲情美酒两相浓。

其 二

不感离家千万里，他邦奋斗廿多年。
心心常叹归乡远，梦里思亲醉入眠。

◎ 陈善良

村野冬日

罡风一夜折枯枝，月白霜寒透骨肌。
阵阵云岚迷望眼，重重雾气怅神思。
鸡鸣山寨炊烟袅，犬吠江村日色迟。
若问冬来生计事，兴农科技正其时。

临江仙

客 怀

旧梦依稀成记忆，天涯浪迹经年。离情别绪总相牵。乡关连五岳，万里隔云烟。　许是新冠愁未绝，浑然不觉花妍。且将喜怒入吟笺。瘟神何日去，把酒舞翩跹。

◎ 陈匡任

鹧鸪天

赞岑灼槐董事长

儒雅岑君别不同，轻名重谊众人崇。精营金玉晶珠链，酷爱诗词李杜风。　扬国粹，建勋功，捐钱定策意情隆。仁心高行归何处，入载文坛史册中。

感恩群里好友

好友亲情厚，盼望相会时，
感恩群有你，常谱悦心诗。

◎ 梁 军

祝贺神舟五号发射成功

神舟五号马功成，民气国仪同擢升。
厚植科研求薄发，深耕国力满园丰。
正能引领民奔富，精武强军国太平。
月里嫦娥忙不迭，亲朋故旧喜相迎。

◎ 姚天民

一剪梅

黄昏颂

秋色晴空无片云。九夏迟逾，枫彩缤纷。菊黄蹊野未情疏。瑞气氤氲，喜气氤氲。　花落花开岁月新。谁负年华？挥笔耕耘。斜阳路上拾残红。爱弄黄昏，笑弄黄昏。

秋月寄情
秋来落叶梦还乡，月挂云间月饼尝。
寄韵诗花藏七字，情传旧雨共天长。

◎ 李春华
老梅凌冬
一枝屹立等闲间，何惧凌霜彻骨寒。
严气吹扬红日影，冷锋切断碧云端。
风中凛冽梅逾老，雨后澄深雪未残。
应在隆冬留逸格，艰辛历尽不知难。

傲雪老梅
冰霜附倚老梅边，饱览严寒倍自然。
岁晚独留强傲骨，朝晨可待快晴天。
幽香有意添神韵，冷艳无倪胜旧年。
静候春风吹醒雪，莫教桃李浪争先。

辛丑吉祥
新年好景看今朝，万里晴空雾影消。
牛犊听言尝露草，风筝借力上云霄。
篇篇颂语随心转，首首吟歌任意挑。
不用追寻时代曲，欣逢佳节乐逍遥。

圣诞节画雪中梅
名花两色占春魁，不似群芳尚未开。
高格雄姿成自好，硬枝傲骨为谁栽。
天生情韵人间见，月照形神雪上来。
莫对红妆挥白粉，尤惊仙子笑寒梅。

◎ 王敏健
谢池春
初 夏
风暖芳园，谢屐步闲清晓。望晨枝，啼莺斗巧。涟漪绿皱，断续蛙声闹。醉天然，忘机含笑。　浮生一乐，种得东陵瓜好。剪蓬麻，南篱趁早。营营尘事，每朝催人老。倚黎杖，任风吹帽。

婆罗门引
姑苏台怀古
吴山云暮，剑池虎气久消沉。一泓涧水寒侵。风挑湘帘半卷，霸业影何寻？叹曾经凤管，空剩遗音。　枝头翠禽，吐碧血，子胥吟。城角风悲怒目，涛卷哀喑。酒觞战鼓，都化作，云烟散长林。凭栏叹，风卷秋襟。

◎ 陈荣辉
秋 怀
山似青罗雾似纱，半湖碧水半湖霞。
蓦然回首经行处，一径秋声伴落花。

望江南
秋 景

金风爽，举步过桥东。雨寂烟横秋水上，云随人驻画图中，霜染万山红。

◎ 吴家龙
辛丑春节赋

干支交替逢辛丑，迎到金牛佳节春。
守岁阖家看晚会，串门朋友说增薪。
新时规划今开局，华诞期颐党庆珍。
爆竹烟花嬉笑放，醒来昧旦接财神。

千年古国换青春

旭阳直射叟翁身，云彩瞬间虚幻新。
四射光芒呈渌碧，八方鼓乐奏清晨。
青山逶迤松榆茂，绿水环流鲫鲤循。
生态和谐人命宝，千年古国焕青春。

◎ 赵永鹏
喝火令
牛

咒鼠行瘟疫，迎牛盼体矫。赞它餐宿不肥挑。经暑冒寒无恙，田野叫声嘹。　　每日难辞苦，终年岂怕劳。舍寒粗食赤条条。直至衰颜，直至老临庖，直至献身于世，宴席朵颐豪。

上网乐

驾就屏帆闯五洲，自吟自酌自风流。
今朝有酒今朝醉，明日缺钱明日忧。

指到山前开大道，君临天下赖群俦。
灵光一闪乾坤大，手握良机我最牛。

◎ 吴　行
一剪梅
崇山密云

阵结营屯隐远峰，艳色浓浓，美色重重。银城玉海好仪容，未见悬淙，稍见苍松。　　叠嶂飞岩半现踪，眉里疏慵，眼里惺忪。祥光瑞彩竟欣逢，百语思从，千语情钟。

花莲东海岸多惊艳

瀛海宏观在岛东，花莲气象自豪雄。
鲸涛鳌石迎初日，蟹渚螺洲向晚风。
跨峡欣逢桥绮丽，望洋骤见舰艨艟。
双心雕塑游人爱，绿树前头耀粉红。

◎ 应水旺
与年长者摄影班学员共勉

浩荡东风除鼠晦，春来祥雨润牛年。
一生看惯斜阳艳，几度拈来美景篇。
唯有秋霜寒彻骨，方能枫叶竞争妍。
七旬犹抱青云志，笑傲山川勇往前。

◎ 郭仕彬
次韵黄仲则《杂感》"十有九人堪白眼"入句

星宇茫茫静夜思，闲谈勿说是非词。
高低无弃诚相见，荣辱深藏不自吹。

十有九人堪白眼,千寻多艺誉名师。
慈怀厚德阳春景,延续文明拜孔祠。

写诗的苦与乐
半寐朦胧寻好句,推敲苦索夜难眠,
佳词一得心狂喜,携梦安然入九天。

◎ 陈伟区
迎辛丑咏牛
变迁时代两重天,万象随之事使然。
养马从前堪吃谷,迎牛今日不耕田。
曾经大力攻城阵,更借威名入股缘。
疫鼠闻风甘退位,四蹄开步踏平川。

大雪迎立春
佳节来临雪立春,竟将大地尽铺银。
冰封三尺能驱鼠,疫去无踪好庆新。
苑后桃花滋润喜,门前翠雀跳飞频。
感从征兆行牛运,百业兴隆草木茵。

◎ 翁跃韶
撷 梅
今宵春信到天台,不待东风次第开。
手捻清香谁落寞,月窥疏影自徘徊。
沉吟每恨花期远,冷艳还须处士陪。
莫道幽人心最苦,心随流水费相猜。

寒 夜
起卧西窗夜五更,风侵鸾被梦难成。
离家易觉年华改,残酒难禁世味轻。
烛照薄纱疑落木,檐穿疏雨滴秋声。
我身已在重洋外,故园准拟问归程。

◎ 程 燕
秋夜采菊有记
圆圆天上月,邀我赏秋光。
一览熹银地,千枝傲冷霜。
捧花归陋宅,儿女赞清香。
心涌风雅句,裁之谱乐章。

凌晨拾句
居家避疫受熬煎,默守青灯对月残。
枕下取书闲细读,得萌钝智启玄关。
诗能入画方为妙,画可言诗更艳妍。
不觉晨曦临斗室,长哦新句润心田。

◎ 李锦重
思佳客
<small>临节有感</small>

圣诞新年佳节连,却怜光景不堪欢。琼楼岂见亲朋聚,艺苑焉闻鼓乐喧。　瘟未退,喜何言?蜗家禁足尚依然。疫苗据说全民种,但愿其成普世安。

朝中措
<small>冬 至</small>

常言冬至大如年,美食惹垂涎。饺子汤圆尤爱,殊方游子情牵。　阖家

团聚，围炉夜话，把盏言欢。同送鼠迎亚岁，共祈盼太平年。

英 国

◎ 吴仁仁

夏日小园即事

白云苍狗化乘黄，掩映枝间透夕阳。
树影横移相打叠，鹧鸪欲下又高翔。
萱花未许寻常见，兰蕙还欣有异香。
独倚栏杆思绪涌，悠悠岁月水流长。

庚子端午节感怀

赛龙荣夺锦，功庆饫时鲜。
往事随风去，故人方寸悬。
汨罗沉傲骨，逆旅读遗篇。
岁岁言归里，蹉跎又一年。

墨西哥

◎ 盘品磊

新荷叶

寄题逢瑞楼

春景江南，山阴道上人行。路转溪桥，村头修竹如屏。莲塘日暖，乐游鱼、杨柳风轻。阅闲岁月。古榕一树峥嵘。　　犬吠鸡鸣。田园我辈钟情。紫气东来，颠裳倒履相迎。芝兰阶下，记当时、有子趋庭。书香门第，吾曹克振家声。

智 利

◎ 胡百均

次韵梅会长《纽约兰兰》忆思

凝眸美国牵，长揖谢先贤。
室陋闻天籁，诗贫引凤仙。
慧观非德重，雅望赖才全。
何日风云际，同吟泪水篇。

话说佛光山

人间佛教普虔家，师祖星云誉中华。
道法千年因果树，莲宗一派菩提花。
弘扬净土修持地，恢复空缘忍紫霞。
忏悔求生终有境，且邀禅殿品仙茶。

◎ 钟晓钰

忆江南

游 园

春正好，草木绿于蓝。缓步恐惊蜂蝶梦，园中邀鸽作闲谈。最喜把花探。

观霞有寄

日暮斜阳惹浩思，卅年羁旅觉弥时。
韶华既往留真本，晓露余晖也是诗。

春 色

东风不语也温柔，暗遣丹霞染绿洲。
且看繁英娇百态，撩人一步一回头。

恋 春

恋春如恋梦中人，朝暮寻芳赏绿茵。
各色娇妍迎我笑，张张合照两相亲。

赏月有寄

深宵无睡意，岂负月华倾。
万丈红尘里，千般百样情。

新加坡

◎ 朱添寿

诗赠马来西亚水墨画家谢忝宋

墨彩浑和半世功，惊鸿腕底古今融。
孤峰默与秧鸡契，老树欣看翠竹风。
落纸烟云舒卷外，挥毫天地有无中。
胸涵三教行三径，潇洒闲鸥一隐翁。

诗赠中国水墨画家戚弘

笔底风雷腕有神，四蹄潇洒一番新。
峰高途险丹青路，足迹天涯自写真。

◎ 林 子

冬 吟

大雪初临冷碧天，又听风雨闹阶前。
吉凶岁月平心过，冬尽春来盼好年。

2021年元旦感怀

元旦更潇潇，晨昏倍寂寥。
不闻莺燕过，忍看草花凋。
大疫连寰宇，今朝缺舜尧。
吉凶难揣测，风雨一肩挑。

诉衷情

纪念册

层层叠叠尽收藏，轶事思绵长。
骊歌唤起离别，难舍好时光。　尘
土味、读书郎、是同窗。桑榆初暮，
云淡风轻，一册情伤。

注：20世纪六七十年代，新加坡、马来西亚一带的华文小学，毕业班同学在骊歌响起时，总是不约而同各自准备一本纪念册，同学之间互相交换临别赠言，立此存照。

◎ 岑春燕

闲适篇

难得心娴静，悠然物欲离。
醉听天籁韵，临写杂花诗。

迎 春

云淡风轻又一年，百花悲落疫情缠。
盼来辛丑新春到，扭转乾坤万象鲜。

新年感遇

辛丑牛年到，乾坤万象新。
琴诗因豁达，心手写纯真。
浩浩音回味，幽幽韵出尘。
悠闲山水里，笔墨寄精神。

◎ 郑剑峰

勿基河畔

仓库留原貌，街边尽老饕。

河船迎客旅，桥上看新潮。

注："勿基"是新加坡河畔周边的街道。

岛国新貌

的士公车更近邻，回观旧里已翻新。

航空地铁穿梭疾，租屋高楼矗海滨。

注："岛国"即新加坡。

佛国不丹纪游

佛塔晨钟醒世寰，梯田旷野畜牛还。

松高林绿闻灵鹤，峡谷河清映雪山。

拾步徐徐通虎寺，融冰款款绕湖湾。

斑斓彩帜飘南岳，彻骨寒风袭北关。

◎ 陈延任

伤风铃花

刚刚笑傲噪枝头，转瞬飘零落满丘。

应季风光何短暂，未曾玩够已荣休。

◎ 潘君棠

望柔南

朵朵白云悠自在，新柔海峡浪掀蓝。

楼房彼岸兴增建，看似风光一夜昙。

注：柔佛在马来西亚南部，故称"柔南"。

夜　鸣

星空镰月挂，夜鸟入山林。

有话倾心诉，三更独自吟。

◎ 杨根平

武吉班让湖有感

环湖多绿色，入水尽人家。

树梢临空展，楼台照影斜。

悬桥红雨伞，深镜白云纱。

醉此瑶池境，忘身天际涯。

美世界大牌四号花圃

组屋寻香散水前，沿廊春色漫无边。

高低有序三层架，红绿相依半亩田。

丝瓣尖芽嫩蕊叶，清风白发老神仙。

秋先有爱勤修整，借此娱人娱晚年。

金文泰一道凉亭凤尾竹

凉亭修竹美，相惜二三枝。

妩媚红装秀，娉婷绿鬓垂。

虽能知客意，不敢展风姿。

我只情难禁，为君赋此辞。

◎ 马宝汕

谷雨节气三首

其　一

暮春天转暖，长雨应时生。

布谷催耕种，殷勤稻野鸣。

其 二

谷雨送春回，声声杜鸟哀。
迎来明媚日，浮水夏萍来。

其 三

中原四月雨霏霏，柳絮随风任意飞。
吐蕊牡丹争艳色，杏花渐落告春微。

◎ 刘意玲

写 菊

西风飒飒拂南洲，绿尽山林不觉秋。
瘦影霜姿轻点染，蕊黄篱外写清幽。

秋 怀

倚柳观朝日，临风听暮蝉。
山林空燕语，花落怅秋寒。

调笑令
深 院

深院，深院，几许笛音幽怨。凭栏望断天涯，星稀云淡月斜。斜月，斜月，清夜西窗黄叶。

马来西亚

◎ 张英杰

忆洞庭湖

洞庭波撼岳阳楼，千载诗人唱不休。
杜老吟成无后者，范公赋就有先忧。
登临自是萦怀处，放旷如何逐浪鸥。
最忆蒙蒙烟雨景，三分春色七分秋。

登万里望山

又向逶迤曲径行，星光点点照分明。
千丛树影连山影，四野虫声杂籁声。
世网潜惊原噩梦，石泉奔泻最忘情。
归途一片晨曦现，更喜啼莺送几程。

龙头岩即景

龙岩尘世外，玄门法门开。
青鸟穿云至，灵龟迓客来。
经传能悟道，心净不染埃。
爱此清幽境，何妨去复回。

◎ 曾议辉

四月清和好赋诗

清和四月暖风吹，胜水名山且赋诗。
难得同行千里路，重寻旧辙是何期。

感 怀

坚守初衷不负心，茫茫宦海任浮沉。
炎凉世态须看透，淡泊何愁俗虑侵。

童谣吟唱播南洲

岁月匆匆似水流，岭南文化播南洲。
童谣吟唱今犹盛，历代乡音韵尚留。

◎ 李容德

赋赠高中统考生

学子清晨赴考场，寒窗苦读六年长。
一朝吐气名登榜，得意春风入殿堂。

赠某校长

杏坛路上手相牵，风度翩然盛意拳。
倾盖欣逢情义重，一盅香茗暖心田。

退休自娱

不为繁华闹市留，常嫌浊世喜清幽。
生涯淡薄何其乐，闲读诗书兴自悠。

◎ 李淑莲

游南京栖霞山

金风送爽展秋容，结伴栖霞越谷峰。
古树回环闻鸟语，禅堂寂静响晨钟。
丹枫处处岚光美，薄雾层层画意浓。
绝壁碑痕遗迹在，登临细赏寄萍踪。

端午节有感

寒风细雨又端阳，街市传来角粽香。
艾酒年年敬屈子，离骚一卷远流长。

◎ 温松钦

落　花

翠竹青青荟郁葱，庭前却见旧枯丛。
花开花落春妆了，人聚人离尘梦空。
感物情投诗句里，遣愁绪注酒杯中。
斜阳遍照萧条境，风晚孤亭一醉翁。

流　水

爱上层楼观远方，偷闲赚得好时光。
山溪水淌山花盛，野地风生野气香。
一壑泉华清俗耳，数峰朗韵净尘障。
老来有伴流年忘，共谱诗情美夕阳。

◎ 廖锦芳

青山红树白云浮

青山红树白云浮，芳草萋萋绿野幽。
菊影随风凝露舞，鸳鸯逐水泛波游。
逍遥恰比逃禅客，自在真如碧海鸥。
最爱秋光秋色美，欲穷千里更登楼。

尽把情怀裁雅乐

晴云朗日百花鲜，小立风前艳曲传。
白雪瑶音高世韵，阳春绮语妙琴弦。
孜孜苦练梆黄调，默默精研琢玉篇。
尽把情怀裁雅乐，歌声缭绕翠湖边。

赏　荷

月下看芳容，凌波仙子踪。
幽香萦淡淡，诗味绕浓浓。
出水亭亭立，回风澹澹从。
污泥全不染，绝俗素怀丰。

华夏诗阵

福建省诗词学会

◎ 黄高宪

满江红
参观古田会议史迹展

一代英豪,古田聚,雄姿焕发。历鏖战,黄花血染,帅旗谁接?九月鸿书纾困惑,四方勇士重欢悦。党旗扬,星火渐燎原,群魔灭。　兴华夏,思英烈。初心守,终身洁。为民谋福祉,誓言如铁。航母雪龙频出海,嫦娥玉兔齐登月。国图强,须砥砺前行,嘉名杰。

◎ 林华光

人月圆
庆祝中国共产党成立一百周年

百龄党诞南湖话,翠柳系吴舩。神州马列、传燃火种,壮志飞扬。　回眸往事,乘风破浪,迎接光芒。而今华夏,中天一日,崛起东方。

吟赞平谭公铁大桥建成通车

岚岛蜚声远客招,况增公铁此长桥。
通车剪彩尤隆重,购物观光迥富饶。
跨海工程民振奋,凌霄意志国堪骄。
神州崛起今非昔,赢得寰球拇指跷。

◎ 王仁山

贺新郎
明元儿援藏赴林芝赋寄

羁旅康安否?计征程、金风渐起,雁归时候。西望崦嵫云渺渺,已隔千重岭岫。万里外、应频回首。转眼中秋期又近,忆当年、博饼多赢取。遥祝祷,吉祥久。　依依莫惜家乡柳。爱高原,犹涵翠色,冷杉翘秀。要辟崄巇通天路,游牧安居户牖。随藏俗、酥茶稞酒。红日银峰苍昊阔,更何须、檐下长相守。看雪域,翥鹰鹫!

◎ 许总

贺叶嘉莹先生获感动中国2020年度人物

杜学结缘四纪延,风仪初识锦江边。
才闻外海新时念,复睹迦陵惊世篇。
西往富车传正脉,南开筑舍育群贤。
坐看赤子丹心血,十二楼头彩翻联。

登挹江门城楼望渡江胜利纪念碑

谁把风帆化此碑,依稀骇浪记当时。
雄师所向成锋锐,天堑何曾作障垂。
旧国百年奇耻雪,新邦万世壮猷施。
挹江回望金陵气,不息舟车斗柄移。

◎ 周书荣

中国共产党建党百年感怀

南湖画舫转鸿钧,马列遵循主义真。
百载风云从变幻,九州日月喜更新。
可歌可泣怀先烈,无畏无私励后人。
永葆初心膺使命,重温党史长精神。

临江仙

庆中国共产党百年华诞

禹甸锤镰扬赤帜,期颐华诞欣迎。小康社会溢欢声。丰衣兼足食,富国又强兵。　奋斗百年殊不易,历多流血牺牲。端凭一念系苍生。白头温党史,慷慨赴新程。

◎ 孙汉生

读倪瓒《六君子图》

性僻情痴德不孤,连根直立互持扶。
遥山近水钟神秀,无待春风气自苏。

乡村中国梦

度阡越陌近桑畴,异样风情望眼收。
千亩良田跑宝马,一汪秀水饮闲牛。
别离堂客为商客,放下犁头走码头。
尽遂乡村中国梦,儿孙满屋住城楼。

◎ 刘如姬

踏莎行

山　行

且听松吟,且招鹤友,且行且住风盈袖。逃禅且枕石根眠,清泉一勺浮岩岫。　有月邀杯,拿云下酒,花前对酌花依旧。且同山鸟话悠然,茫茫天幕星如豆。

浣溪沙

二宝肯去幼儿园啦

二宝乖乖小手牵,书包背上幼儿园,道声拜拜笑窝旋。　淘气堡中藏世界,彩虹桥下荡秋千。老师奖励卡通笺。

◎ 练 欢

浪淘沙
厦门大学百年校庆回校

人散落花时，燕去莺归。循墙不见旧题诗。窗下阿谁闲似我，携手方回。　廊下有风吹。烟水清宜。枕书忽梦卷交催。一段浮光如掠影。细诉春迟。

咏山中红豆

秋来造物也清嘉，信把珍珠染赤霞。想是相思无可解，青山心口点朱砂。

浙江省丽水市诗词楹联学会

◎ 周加祥

念奴娇
斋郎感怀

绿澜红韵，卧龙地、多少英豪留别。浙域西南，今见得、烽火烟村契阔。古木凌空，云涛怒卷，野岭千峰绝。苍岚怀秀，染来英烈精血。　追忆刘粟当年，率先锋挺进，孤师雄发。领帽生辉，琴瑟起、知是豺狼威灭。故垒寻根，风摇帜比鬣，岁丰人悦。黄鹂催梦，向天遥问星月。

◎ 叶志深

岳王庙

岳湖落满英雄泪，唤醒清风拂庙门。
报国齐天千古颂，游人收获是忠魂。

贺瓯江诗派研究会成立

笔墨无言却有情，瓯江诗路踏歌行。
五湖水色云含白，四季禽音谷应清。
耕野风轻花给力，经冬春过草超萌。
骚人不问征途远，只听新雷第一声。

◎ 虞克有

清平乐
初夏大洋河

绿红映水，鱼吐波圈起。岸草流香风吻醉，树掩鹭闲拍翅。　翠盖珠滚摇青，荷苞久立蜻蜓。蛙鼓声添幽静，蝶捎花语牵情。

少年游
利山赏荷

烟纱欲掩野塘馨。日暖晓风清。凌波仙子，绿裙粉影，优雅态轻盈。　娇容沾着相思泪,谁与诉衷情。蝴蝶慰心，蜜蜂甜语，难以改坚贞。

◎ 傅祖民

辛丑小暑日众诗友重访万象山

家山万象景缤纷，览胜沿途草木薰。
苔径影筛松隙日，月池鱼戏水中云。

莺花亭畔怜淮海，烟雨楼前鉴绮文。
蝉唱声声临栈道，天青流碧兴无垠。

踏莎行
好溪赏荷

柳拂熏风，蝉鸣晓露。清香绿荫消烦暑。溪流潋滟映芙蕖，蜂飞蝶梦花深处。　　影日腮红，凌波纨素。琼葩并蒂相思侣。萍开鱼戏蕊摇黄，堪怜娇艳牵情绪。

◎ 蓝贤寿
登石姆岩

最恋天然景色妍，石公石姆结良缘。
相亲相爱长厮守，留给乡民宝一盘。

千佛山寻幽

瑶池红鲤戏清波，涧瀑潺潺频奏歌。
古木参天迎贵客，奇珍最是此间多。

◎ 李伟平
青林荷塘夜景

晚来雨过出东城，徐步青林绿草坪。
桃叶依依阑槛拂，芙蕖飒飒水塘擎。
月移高柳云行影，风递幽香露滴晶。
亦有生灵陪我伴，荒丘深处蟋蛙鸣。

处州秘境

百山云海眉峰细，瓯水溪桥眼线匀。
康乐诗囊遗韵少，今朝游客总销魂。

◎ 陈水根
过佛儿岩

岭上松涛奏梵音，和风翠竹抚瑶琴。
危峰一缝穿岩腹，峭壁悬空秀石林。

黄山杜鹃

冰霜雪雨沁虬枝，岩缝生根志不移。
地瘠嫌贫非我辈，花开红艳报君知。

◎ 吴莉梅
界首船形村

奇船天降彩云融，化作山庄逐日红。
德被苍生溪水治，功垂奕祀禹王宫。
长庚献瑞人长寿，积善流芳官积忠。
村景新奇言不尽，梅兰竹菊变清风。

山东省滕州市诗词楹联学会

◎ 邱启永
咏春笋

冻土暂存身，利名全不闻。
新雷一声唤，持节志凌云。

新春感赋

河开鱼跃蜡梅明，喜鹊频来寒气轻。
小草张唇如窃语，柳枝舒眼似窥莺。
休嗟霾雾随风至，且看禾苗逐日荣。
挥汗黎民满郊野，机声阵阵盼雷声。

◎ 李 强

雪 寺
隐去眼前座座峰，苍茫世界易心慵。
禅房不见山僧起，由任琼花乱撞钟。

大 寒
竟入大寒天未寒，一轮冬日带春澜。
嘤嘤几只啼中鸟，抓着时机恣意欢。

◎ 赵家骏

元 旦
浩荡三元初始回，雪茶还待小炉煨。
与朋发罢贺春帖，欲敬苍天折腊梅。

打工者
风雨走天涯，青襟穿乱砂。
无田何以食，有被便为家。
乡语入残梦，工薪讨雪花。
应怜小儿女，望眼隔篱笆。

◎ 代和平

奚仲故里感赋
古薛多灵秀，舟车此地生。
人间藏不住，还向太空行。

咏环卫工
草木凋零秋已寒，长街落叶路漫漫。
帚声扫尽繁星歇，托出朝阳带笑看。

◎ 张厚玉

冬月拾趣
屐履沙沙响，雪林明秀瞳。
枝头松鼠跃，抖落一身绒。

旧金山元夕
华埠香街箫鼓喧，绣袍锦帽擎赤幡。
高跷拥凤接狮舞，异域风情似故园。

◎ 奚道清

山村美景抒怀
扶贫善政进千庄，恰似春风润万乡。
建厂扩衢山货畅，俚歌阵阵百花香。

薛国故城感怀
岁月潺潺薛水长，朝阳城上复残阳。
田文故事风犹诉，散尽云烟麦未黄。

◎ 王广超

仿刘梦得拟秋兴
一逢秋雨叶飘摇，洗尽人间澄九霄。
恰有诗心随雁去，钱塘江上看奔潮。

咏 雁
又至清秋征路长，阵排人字赴南方。
已经秦岭三千里，花木深深是我乡。

◎ 刘 冰

夜游高黎贡山

其 一

夜尽望银汉，鹧鸪求友鸣。
征程云滚滚，不敢共君听。

其 二

峻拔冲云海，崖端挺劲松。
若无星月照，酷似一飞龙。

四川省邛崃市诗词学会

◎ 王一田

建党百年颂

放棹南湖追梦远，宛如星斗照长天。
金瓯重整山河壮，故国新生日月悬。
且引大潮除积弊，还将健笔写雄篇。
百龄不坠凌云志，抖落风尘再着鞭。

忆江南

百年抒怀

镰锤动，铸就国之魂。赤炬高扬明九宇，金戈怒举荡千军。华夏耸昆仑。风帆举，改革立潮头。激浊扬清砭旧弊，吟歌踏浪驭飞舟。万类竞风流。

◎ 王 东

且将杯酒醉雨声

横空霹雳惊风起，天漏全开倒玉珠。
旌动千军擂九鼓，风驰万马跃三都。
潇潇雨急浮尘没，莽莽云飞野鹤孤。
暑热宜将烹翘壳，情深更与入屠苏。
琴书婉转听贤达，影色风流问大儒。
禅意还须茶旧醅，诗心犹动酒新沽。
风休雨歇凉初透，意醉神清柳不扶。
浮世沧桑身渐老，功名飘渺思堪无。
笙歌一曲重霄外，瑶席金樽响玉桴。

◎ 李 沚

文君井怀古

相如琴挑

琴弦拨动月影斜，凤舞凰飞无际涯。
游客不知史家意，却言一曲尽风华。

文君夜奔

凤去凰飞堪别裁，惟留佳话印琴台。
当年明月今何在，曾照琴心去又来。

◎ 王茂楠

八声甘州

元宵咏怀

念梅红落尽未春深，暮雨怕清寒。任城隅篱陌，几枝蜀锦，恁个喧阗。霓袖香车堪比，处处玉笙欢。酒绿今朝夜，谁赏初圆。 梦里烟花千树，看连村市巷，点点斑斓。快追灯逐月，别是旧当年。问嫦娥、琴台曾照，是何人、独自意阑珊？闲呼我、且吟诗去，聊解连环。

广东省惠州市诗词楹联学会

◎ 杨维治

水调歌头
凤求凰公园

西引邺江水，北筑凤凰园。鹿鸣亭忆司马，琴响若清泉。池映凌云楼阁，树掩虹桥白玉，瑶草异花妍。怪石劲松立，光灿子虚轩。　　赋圣奇，才女罕，恋弥坚。今人膜拜，幽径梧荫爱巢缘。一见钟情意合，海誓山盟无悔，百载梦魂牵。文旅兴城妙，古郡胜尧天。

◎ 高秀群

鸟　音

一鸟荆丛婉转啼，千呼万唤惹尘心。阿侬笑问郎知否，嫩叶娇枝隔和音。

◎ 冉景国

向"七一"勋章获得者致敬

思想清纯做人杰，初心仍旧火样红。流年不染低庸色，妙理拈来高格风。党绘宏图我行践，民依榜样汝亲躬。燕京荷月鸟巢艳，七一勋章头等功。

◎ 杨　焕

忆　友

宾鸿垎影各东西，廿载相从音问稀。少小一乡今隔远，联床何夜再倾杯。行歌溷壤空期尔，超轶白云谁复之。久沥肝肠余冷气，灯前自与砚相偎。

◎ 陈幼荣

满江红
辛丑"八一"抒怀

起义南昌，刀枪动，红旗猎猎。夺政权，救民水火，炮声轰烈。万里长征禁绞杀，守邦抗战英雄血。遣巡客，卧雪守华疆，江山铁！　　雄狮醒，华夏崛。中国梦，追超越。赞三军整肃，中华英杰。南海巡航扬国力，江城抗疫屠魔羯。捍主权，红日照山川，情凝结。

◎ 王　蔚

一剪梅
冬游激流坑

驰望峦山绿意深。横也青林。侧也青林。鹭栖湖水听风临。知是春吟。不是春吟。　　谁弄梅枝独抚襟。好似乡音。可似乡音。暗香缕缕鬓眉侵。冬冷诗心。冬暖诗心。

◎ 罗胜前

蓬雀之歌

本是山间蓬雀歌，声惊绿野众音和。惭无彩翼追鸾凤，幸有丹心寄薜萝。世路艰难行渐远，人情冷暖聚还多。感君厚谊崇如岳，未敢须臾逐逝波。

◎ 陈式敏

吟埔心村六百年老樟

老樟村社郁青青，百岁清荫开绿屏。
多少烟云成往事，一轮明月过闲亭。
晓看天外千峰雨，夜卧溪头数点星。
最喜田园新气象，乡情亘古续幽馨。

◎ 潘新艳

赠吴北如先生并贺诗墙落成

挥毫欲赋红船事，古律新篇韵满乡。
莫问豪情何所寄，丹心一片筑诗墙。

◎ 谢栋宇

赠　人

鸾凤舞翩跹，瑶池降美仙。
飘飘临草地，缓缓诵诗篇。
墨客聆天语，骚人颂月圆。
关山千里远，了愿践前缘。

◎ 徐郭森

惠州早春

曲陌青茵草木娇，新枝嫩叶入湖摇。
江边今日风含暖，应是将迎世舜尧。

◎ 郑泰康

九月九游西湖登罗浮

九九重阳满目秋，登高览胜放歌喉。
才辞西子瑶池境，又上罗浮揽月球。

◎ 刘斯强

高阳台

2021年元旦相约

我怎能狂？小康未足，凭勤立业安居。室内无华，桌前只有诗书。飞鹅岭畔丛林下，木瓦房、美化成图。喜邀来，诸位宾朋，都是鸿儒。　寒风不阻深情客，有约心暖暖，等共围炉。不问东西，举杯尽饮欢呼。文章不贱能留世，富贵耶、且莫迷糊。正前行，笑看红尘，万里征途。

◎ 李硕洪

踏莎行

山村"第一书记"

龙眼飘香，荔枝挂果，电商快递山村火。三年夙夜脱贫忙，引来企业春盈朵。　泪别乡亲，情牵耕作，家家拉住支书坐。话儿质朴意深长：再留一载传帮伙。

◎ 刘国忠

"天问一号"登陆火星喜赋

相望万古一登临，此刻初探姐妹心。
类地家中人最铁，向阳圈里品同金。
蔚蓝自幸云天阔，朱紫何差草木深。
不见五更谁睡去，痴痴问到晓星沉。

◎ 曹新频

回故里见某村无人居住

近窗一望密帘遮，径满苍苔锈锁家。
木落非关前度客，风飘多是旧时花。
离愁无限新潮至，思绪皆随夕照斜。
事往何须嗟蹭蹬，曾经我亦走天涯。

◎ 黄石绿

行香子

广州白云山

　　金液瑶池，锦绣南天。摩星岭峙接霞笺。三台竞艳，百卉争妍。喜菊花黄，玫瑰艳，蝶兰鲜。　　红尘不到，云岩百丈，九节菖蒲纪安仙。鸣春翠谷，映寺岚烟。爱白云晚，银流泻，玉盘圆。

◎ 吴伟强

颂袁隆平院士

忧思一饭记心牢，科技兴农府库高。
亩产三千终遂梦，平生宏愿作酬劳。

◎ 刘　静

玉蝴蝶

落　花

　　终究花儿缘浅，铺地残瓣，独唱情殇。晚景萧疏，堪动宋玉悲凉。着寒雨，玉颜零落，又风起、渐褪幽香。断愁肠，青春易逝，酸楚难当　　徜徉

梦回盛景，娇妍绚丽，满树芬芳。璧月星河，清姿摇曳舞霓裳。鸟应和、声声婉转，蝉鸣叫，虫语高昂。比仙妆，盈盈含笑，陶醉星光。

◎ 陈玉香

庆祝建党百周年

掌舵红船作远征，神龙舞处彩霞生。
驰奔高铁通三界，驾驭神舟到九瀛。
追梦大同勤砥砺，齐心伟业勇前行。
镰锤锻打铿锵调，华诞还期听鹿鸣。

◎ 章财明

访壶园有寄

一壶虽见小，拾级爱惊声。
铁笔情深处，风光秀故城。

<small>注：壶园，邓承修故居，在今惠州淡水。</small>

◎ 黄　涌

望海潮

罗浮山怀古

　　岭南中岳，蓬莱仙境，罗浮自古繁雄。林壑邃幽，危崖峭壁，群山柱立如虹。极目寄空蒙。看白云绊履，群瀑飞龙。幽径青苔，苍苍山色有无中。　　六鳌横海移峰。有稚川采药，苏子诗踪。仙道炼丹，禅宗筑寺，人文荟萃灵通。英杰此相逢。今重开医道，复塑新风。济世悬壶惠众，崛起建新功。

◎ 唐国华

卜算子
自嘲

正直少纷争，不怕弯弯绕。附势趋炎大众讥，乘早疏离好。　　心静读诗书，烦事难相扰。偶有文章见报端，也是平庸稿。

◎ 朱转娥

凤凰木

初夏风熏草木萋，凤凰叶密压阴低。名高未得凰鸾顾，只剩霞飞与雀啼。

◎ 邱志忠

夏行天心湖

芒种因何事，青山遇水凉。
紫薇开野径，朱鸟闹危檐。
端坐湖边久，沉思树下长。
举杯谈过往，夏梦透花香。

◎ 刘新华

青玉案
梦夏

凭栏远眺烟云冗。禁不住、凉风送。亭院画屏帘雨弄。罗裙飞舞，湿梳鬟笼，何处箫声重？　　芰荷洗尽凡尘痛。百鸟枝头客愁诵，多少相思根苦种。恍然初醒，周庄蝶梦，说与谁人懂。

◎ 曾艳梅

登广州塔远眺

羊城新雨后，玉塔沐霞光。
大道千纲结，珠江一带长。
苍鹰飞足底，新月倚身旁。
纵目怀天地，情归九曲肠。

◎ 叶翰江

果场归来

弯弯幽径艳婷婷，几朵丹霞染鸟翎。
行遍果场舒脚力，黄昏馈我满天星。

◎ 余明强

谒海瑞故居

触目高悬一警钟，廉臣烈士海刚峰。
形销陋室唏嘘笔，骨傲清名砥砺锋。
正气终须匡世弊，逆鳞犹自畏人龙。
琼山北望中原处，南海青天不倒松。

◎ 白凯贞

花上月令

浮云游曳入江舟。远山近，碧波悠。竹亭推盏邀鸿影，醉三秋。微梦里，夜风柔。　　寒涧抖珠和衣袖，清蕙色，翠罗幽。雨过峻岭霞光静，月过丘。且深忆，莫言求。

◎ 赵淑伟

人月圆
秋 思

轻题叶上无从寄,玉宇借银钩。风衔流水,星敲薄夜,谁钓寒秋? 杯中淡酒,案边词赋,梦里清眸。一怀思绪,三分况味,五色闲愁。

◎ 贺律魁

水龙吟
燕归点翠曾芳树

燕归点翠曾芳树,春草醒苏莺舞。遥青沓至,桃蹊羞白,暗香交缕。窗外轻寒,阶前重岸,鸣鸠挥羽。有甘霖暂歇,妙声风物,院深隐、芳华露。 向晚歌欢云户。落杨花、子规沙渚。篷舟斗转,阶前伴送,恋家行苦。东旷闲庭,连江幽意,远灯遮护。梦乡情未了,伊人咏叹,花飞何处。

◎ 赖帝福

赖帝福山居

侍奉双亲伴草庐,黎明即起扫庭除。
欣从江畔垂星钓,喜向花间落日锄。
闹市喧嚣无食味,山村清静享时蔬。
夜阑欲叩陶公梦,老眼昏翻几页书。

◎ 李玉水

红棉颂

伟岸高标掩翠微,燎云焰阵笑芳菲。
春来不管青黄紫,我自飘红白絮飞。

◎ 周幸泉

忆少年
念发小

别时旧梦,芳菲漫野,芙蓉风漾。回眸纸鸢舞,溅溪流飞浪。 古巷遗青苔寄忘,向云霞、赋陈词酿。只消燕来去,不识云雀唱。

◎ 杨成东

锦堂春慢
百年颂

岁月无声,春秋变换,南湖依旧波烟。记得锤镰初举,彦聚红船。唤起工农多少,声呼誓要翻天。仗芒鞋铁臂,踏破雄关,推倒三山。 未待征尘洗却,又卧薪图治,重整坤干。但见千帆逐浪,鱼跃春澜。百载风华正茂,自纵横、谈笑珠还。更向深空远海,一带香飘,一路歌欢。

注:珠还,指香港、澳门回归祖国。

◎ 刘桃英

海棠春
夏日寄语

风轻小径闲闲步,初阳下、暗香盈路。栀子悄然开,淡淡黄芯吐。　　凤凰如火腾红雾,探枝曳、翱翔白鹭:共听寺钟声,共赏清荷妩。

◎ 谢达生

登滕王阁

水天一色雁悠悠,碧瓦飞檐立岸头。
王勃序文人赞颂,东坡妙笔世歌讴。
远望江上轻舟过,近看楼中锦句留。
代代传承光彩耀,风流墨客咏千秋。

◎ 蔡礼业

过莲花山

无亏月夕共花朝,海陆英雄早弄潮。
澎湃延绵苍叠翠,莲峰高屹立云霄。

◎ 李如安

港珠澳大桥

飞架龙桥港澳珠,伶仃洋上筑通途。
中华大国精工匠,一举当惊世界殊。

◎ 周大富

学　诗

应时师古竞风骚,振藻崇文学屈陶。
炼字苦思须捻断,谋篇撷秀夜随熬。
常将俚语当麟角,偶取巴歌作凤毛。
忽得灵光三二句,也疑功力近诗豪。

◎ 巫剑山

《石门铭》古帖

凭谁斧凿出天神,一任风刀迹可陈。
雅韵清新生百态,银钩铁画力千钧。
临池隐见仙风貌,博古犹亲墨客身。
绰约丰姿浮眼底,倾心醉赏视如珍。

◎ 罗宜景

佛山市庆云洞瀑布

瀑布飞琼纷错落,溪声山色两相逢。
烟岚郁郁隐山寺,云树苍苍歇鼓钟。
无奈屈心喧杂处,可怜回首寂寥容。
何时乘兴放舟去,一路清流欢意浓。

◎ 曾　宁

水调歌头
石坝三嘉村赏荷

晓风轻拂绿,晨露欲生羞。荷田乡里,初阳斜照沁芳幽。一色罗裙舒卷,四面菱歌莲舞,菡萏泛香柔。氤氲绕疏影,玉立过人头。　　荷露角,花并蒂,自风流。接天映日,争向落蕾赋闲愁,根近淤泥不染,枝没清涟慎独,出水放兰舟。最羡君高雅,笑傲夏春秋。

◎ 李育聪

题大岚水电站

十里野花开，林郎去复来。
烟岚忘往昔，屐齿记苍苔。
败北情依旧，凌云志不灰。
沉舟先破釜，车马厉嘶哀。

◎ 李锡钦

鹧鸪天
罗浮山西群竹海

河绕湖嵌绿海茫，围田拂岭掩村凉。青丛拔地千杆耸，碧浪摇云十里扬。　排簇簇，望苍苍。清幽竹海画长廊。清风吹得林篁老，化作青蚨富梦长。

◎ 彭学龙

忆秦娥
娄山关

阅残阳，西风台上观沧桑。观沧桑，松涛碧浪，翰墨留芳。　古关今日名声扬，流光溢彩描华章。描华章，齐心逐梦，再铸辉煌。

◎ 叶见华

甘　露

清明远走雨迟回，久旱逢甘伴响雷。
路上行人相告喜，农人播种把春开。

◎ 王昌达

沁园春
致敬中国海军

呼啸惊天，剑指深蓝，威武铿锵。舰群临海空，驰驱力量，穿云腾雾，远向巡航。列舰雄风，阵兵骁勇，斩浪犁波军力张。奋追梦，看巍巍华厦，胜利辉煌。　回眸阅舰荣光，箭剑利、军兵斗志昂。只听声令起，铁流滚滚，歼机震撼士气高昂。众志成城，守疆护卫，敢叫侵来葬海洋。严防犯，我英雄部队，何惧徒狂。

◎ 陈云生

海峡两岸书画家联谊会

丽日和风来紫气，祥云飘逸傲蓝天。
江山一统归吾国，福祉同胞功万年。

◎ 林植忠

临江仙
海曲小阳春

十月阳春晴正好，风凉意爽神清。五更起作海滨行。倚栏惊浩渺，岸阔早潮平。　日出和暄辉蔚映，波光鳞彩流明。维舟浦溆任从横。沿堤花木盛，远近凤鸣声。

◎ 叶秀嫦
虎门销烟旧址咏林则徐
至刚无欲骨铮铮，苟利国家轻死生。
龙旆摇风声气壮，虎门焚毒鬼神惊。
谪迁远达乌孙地，忠謇长怀赤子情。
御侮知夷厥功伟，醒看世界眼先睁。

◎ 华慧娟
荔香阁远眺遐想
谁酿鹏城酒一壶？醉倾秀色不相扶。
云楼刺破天穹顶，荔树淹埋水榭凫。
欲借雕翎腾巨翼，揽来风采暖寒躯。
三千句启丹忱意，万里神游勿计途。

◎ 聂郁坤
渔家女红树林
扎根故里傲洋洲，斗转星移我不休。
恶浪千重何惧有？飓风万丈也为囚。
彩云飘过挥挥手，倦鸟归来点点头。
似水芙蓉娇骨貌，一身正气百般柔。

◎ 官首荣
教　师
童蒙养正事躬亲，育德求知善美真。
桃李满园花锦簇，诗书掷地赞师仁。

◎ 蒋能生
和牟老先生
得道人生幻影斜，蘑菇天籁白莲花。
竹生高岭非墙苇，雪化苍山起井蛙。
小辈门前看柏叶，诗魁网上浣溪沙。
江湖冰雨凭栏看，仙鹤松间笑老鸦。

◎ 刘石森
悼吴孟超袁隆平两院士
至德因仁播，嘉禾胜劝耕。
不辞肝胆役，但为稻粮营。
国士成双去，天星结伴行。
辉光追日月，耿耿照人清。

◎ 郑惠坚
夜宿梅园民家
月浸梅园透暗香，溪音起籁伴眠长。
忘机幽景养心处，犹胜陶公笔下庄。
绿水妆成金玉带，青山抱育厚财仓。
乡村产业应时势，十万农家乐小康。

安徽省宣城市宣州诗词学会

◎ 肖礼堂
【双调】蟾宫曲
戍边英雄祁发宝
新时代，谁是英雄？守土驱妖，伏虎降龙。身挡蚕贼，形如铁塔，声似铜钟。计谋巧、抗敌智勇，搏击狠、热血鲜红。团长前冲，战士强攻、来犯无回，威震珠峰。

◎ 徐志平

爱心礼赞

大爱在行动，人间暖意浓。

弘扬真善美，诠释活雷锋。

◎ 梅运莉

【双调】沉醉东风

赞大爱在行动公益协会

一片冰心可鉴，三人侠义勇担。出资深有情，付出知无憾，真实干、不是空谈。尽力帮难总自甘，大爱里、春风顾咱。

◎ 徐德明

颂雷锋

当兵肩使命，德范示群伦。

服务捐深爱，助人胜至亲。

倾情践宗旨，勇毅献心身。

仁义昭华夏，江山永念君！

◎ 方诗韵

赞大爱在行动

滴珠之水汇江中，浩荡奔流永不穷。

小事平凡传大爱，城乡遍地树新风。

◎ 余 浩

诗赞宣州诗人刘光国女士

偶得《芳州》满目凝，人生多彩誉能称。

退闲未敢忘家国，忧患情怀老更增。

◎ 方 霞

冬日即景

怜无好景深冬暖，早有梅香案上痴。

落木萧萧环北塔，吹云脉脉映寒池。

飞英怎奈飘零事，夜月长留寂寞姿。

几盏昏灯明灭处，空题小字了纤思。

◎ 陈朝元

观醉翁亭

欧阳遭贬琅玡守，一记散文惊大家。

后辈慕名寻旧迹，醉翁亭柱伴山花。

◎ 孙正军

致敬"大爱在行动"爱心协会

大千大善众弘扬，爱洒人间四季芳。

在似中流之砥柱，行如半夜的灯光。

动工必自先撸袖，协作无私共向阳。

会扫疫情能济困，好山好水颂担当。

◎ 蔡 青

长相思

玩手机

翻手机，看手机，夺秒争分不舍离，闲游网络痴。　　朝亦思，暮亦思，欲把光阴付与谁？问君君不知。

◎ 罗国亮

"大爱在行动"年会有感

红尘作伴见真知，正义公平花两枝。

助弱扶贫能解恶，从来良善是人师。

◎ 罗志勇

赞"大爱在行动"

大爱无疆行动中，人间你我共春风。
扶贫帮困中华事，乐业安居奔大同。

◎ 张英姿

赞"大爱在行动"协会公益事迹

疫情防控奔前线，抗击洪魔烈日忙。
扶弱济贫呈大爱，文明创建展荣光。

◎ 何典发

画堂春

大爱传情

爱心传递汇家乡。向阳志士倾囊。创和谐社会安康。宁愿担当。抗疫勇离故土。赢得万里芬芳。筑牢生命好围墙。百姓弘扬。

◎ 刘明华

参加爱心年会有感

窗外寒风峭，会场暖意融。
爱心齐努力，真善美咸丰。

◎ 洪晓明

鹧鸪天

红马甲志愿者

马甲鲜红步履匆，扶危解困化愁容。大街小巷浮身影，城市农村送暖风。　闻笑语，见行踪。无论春夏或秋冬。人人奉献人人爱，学习雷锋世代功。

◎ 黄保平

急人之难文明风

公交车上错拿卡，投币无钱怎办啦？
多谢好人帮助我，文明风里绽新花。

注：前日坐公交，一不认识妇女帮我投币解难。

◎ 黄爱武

雷锋精神

平凡小事暖心胸，甘做高山石上松。
薪火相传弘正气，神州无处不新风。

注：第二句源自雷锋语录：我愿做高山岩石之松，不做湖岸河旁之柳。

山东省潍坊市诗词学会

◎ 郭顺敏

夏日原野

草香淡淡未知名，日脚追花蝉语惊。
石有小虫来探脑，风无旁碍去翻青。
自和天地开怀抱，便与炎凉比性灵。
火气能发雷阵雨，也多爽快似人情。

【中吕】山坡羊·金莲川草原畅想曲

星空支帐，白云翻浪，扬鞭扮个青春样。月生凉，草弥香，琴声美了教书匠。换上行头一亮嗓。光，也在淌；诗，也在淌。

◎ 王立军

驰援河南感怀

倾盆连日可行船,豫地洪灾不忍看,
雨骤犹疑天捅破,水急已见浪高悬。
一声挺住我来也,千点飙升莫讶然。
生死关头真勇士,人民子弟立前沿。

◎ 包美荣

寄故园

多年不见故园霜,止与人前话往常。
半世离愁归尺素,满襟思绪入壶觞。
苍髯皓齿岁犹岁,碧草青山黄又黄。
迢递斜晖云水外,雁门关下是家乡。

◎ 赵 宁

行香子
暮 春

草木成荫,桃李无言。恣逍遥、心被春牵。登高远望,览胜承欢。见几重云,几重水,几重山。　　柳摇别岸,香消幽径。恨流光、已到春阑。闲愁未散,世事乔迁。又一番风,一番雨,一番寒。

◎ 孙世才

夏云峰
夏日即景感怀

雾气浓。夏日里、携来闷热重重。怜惜柳条纤绿,可爱花红。雀蝉清笛,滋雨露、有意熏风。看紫鹊、流光旖旎,高唱苍穹。　　无边秀色葱茏。碧波漾、尽抒明媚山东。歌颂党恩处处,响彻天空。忆光辉路,齐奋进、展现神通。登极顶、繁华阅尽,淡定从容。

◎ 王宝顺

梨花节采风

秀色宽饶鹊语频,一行儒客踏烟春。
正疑花影真同雪,忽有笑声不见人。
千载梨尊怀细绿,满园景趣醉高宾。
诗心早被瑶华动,愿作林间幸福神。

◎ 李 然

浣溪沙
和庐十人书法展有感

草舞楷规千万屏,龙飞凤舞竞分明。参差烟墨玉笺倾。　　一馆充盈山水韵,满园吹起蕙兰风。天成妙趣溢才情。

◎ 刘汉泽

仲夏夜雨

夜半迷狂闪电惊,瞬间瀑布顺窗倾。
刷冲苍宇千庐净,滋润青畴万物荣。
起看彤云天地小,卧听翠竹雨风盈。
澄鲜岸树遮楼阁,日出繁花满碧城。

◎ 管恩锋

鹧鸪天
村支书

泥水黏身血更红，镰刀锤子在心中。脱贫人寿一村美，致富年兴万户丰。　　黄土厚，白云空。披荆斩棘带头冲。小村瑰丽平生愿，汗滴金山再立功。

◎ 陈延云

浪淘沙令
听音乐《一叶一菩提》

碎玉撒清泉。朗朗涓涓。谁将颜色抹丝弦。最是一汪深浅绿，漫过心间。　　尘路不堪攀。曲曲弯弯。若能识得许些禅。且在宫商寻絜静，平调轻弹。

◎ 徐建华

【双调】大德歌·湿地观花

男儿骁，女儿娇，漪岸青肥蜂细腰。喜鹊枝头闹，声声蝉鸣比树高，廊桥水榭人儿俏，遥指藕花潮。

鹧鸪天
初夏

漪岸乡情云水涯，长藤舞起碧云裟。千寻鸳梦垂青圃，几处兼葭藏绿蛙。　　春种粟，夏移瓜，紫砂斟满雀尖茶。易安争渡今何在？沉醉溪亭唱藕花。

◎ 黄保亮

仰天山灵泽洞

北顶云低树绕烟，群峰环抱拱名山。
石帘碧画千张秀，钟乳红宫百态繁。
滴水穿岩成宝洞，溪流引路汇灵泉。
神奇造物丰黎庶，游客深情爱自然。

◎ 张晓晖

夏

雨沛田肥草木丰，一年此季最繁荣。
蛙鸣蝉噪君休怨，入耳皆为咏夏声。

◎ 程宜文

浣溪沙
月　夜

绰约扁舟入夜泾，一池碎玉荡蓝屏。涟漪缭乱扰蛙鸣。　　借得广寒天籁曲，撷来霄汉蕙金声。荷塘邀月共谁听。

◎ 李庆林

眼儿媚
仙月湖之夏

炎夏湖中赏莲花。青盖映红葩。一行白鹭，两群沙鸭，出没兼葭。　　鲤鱼游戏波纹皱，鼓鼓跃青蛙。岸边柳下，诗翁闲钓，沐浴烟霞。

【中吕】普天乐·美丽故乡

老家回，乡情看。大街小巷，硬路平川。梅子酸，榴花艳。瓜菜粮田丰盈现，好生活、赛过神仙。共奔小康，全民心愿，美梦今圆。

【正宫】塞鸿秋·夏夜河边寄怀

河边就是一张画，你来画了他来画。水来涂了云来画，还真不是人工画。清风爽透心，明月心头挂，谁能画好这张天然画？

◎ 王传勇

廿里堡百年烟厂蝶变记

昔日烟城名远扬，废兴百载历沧桑。
青松每忆西风烈，碧瓦常闻黄叶香。
蝶舞翩翩霞与彩，巢栖恋恋凤和凰。
独将胜景留天地，豪迈歌来引兴长。

◎ 赵光荣

游汶河湿地

汶河湿地景多娇，绿荫横塘锁小桥。
几树黄栌飞白鹭，千竿翠竹接晴霄。
垂纶欲钓童时趣，顾影斜牵花海潮。
何处琴声弹落日，鸣蛙唤月细波摇。

◎ 蒋里征

浪淘沙令

河南抗洪

大雨袭中原，浊浪滔天。乡村城市受熬煎。桥塌田淹生计乱，万众心酸。　　令急动兵员，直扑灾前。人民至上作宣言。哪顾得千难万险，一路争先。

◎ 张玉欣

步韵郭小鹏先生《羁旅感题》

乱象何须问事由，争名夺利几时休。
青山自会冲霄立，碧水终归向海流。
岁月无非仁里悟，人生有道德中求。
雪莲不语冰心在，抖落浮尘是大谋。

◎ 张立志

咏　蝶

穿丛犹入户，郎舞妾相随。
落蕊花心颤，栖枝春色肥。
平明寻梦去，薄暮带香回。
恨不生双翅，翩然一道飞。

◎ 孟庆平

依韵和潘洪信先生《河南暴雨》

别提神话造方舟，灾难来临几运筹。
为保自身脱苦海，可思百姓困浊流。
洪魔休让人心碎，大爱堪教怪性收。
喜看江山风雨后，依然最美数中州。

◎ 杨　泰

早发太行山

醒酒平明后，闲愁夜梦收。
晨星云上淡，旭日海东浮。
孤槿开朝露，群蝉启巨喉。
鲜衣装束罢，人向太行游。

◎ 宋日礼

贺安丘市人民医院评出"十佳优秀青年医师""2021年优秀护士长""优秀护士"

凌风秀越出芳尘，曼丽赫然皆凤麟。
爱洒千家敦爱厚，情关万患絜情真。
但凭长技扶危命，不枉柔心奉洁身。
胸抱云霓怀至望，膏肓痛处早回春。

◎ 乔云峰

梅月晦有叹次韵陆游《寄赠湖中隐者》

时向南山望里亲，坡公脚下做东邻。
由来坎坷多成业，自古诗书最养神。
同煮台前扪月酒，漫寻松底抱琴人。
今宵半醉无何事，梦入桃源更问津。

【中吕】山坡羊·战"烟花"

台风过境，万民碰硬，齐心一定能争胜。不嫌疼，不吱声，救人个个堪拼命，仔细看青年最猛。风，留下影；城，挺住颈。

◎ 罗文霞

忆父亲参加两大战役

少小偶成关外客，脱身矿洞把军参。
冲锋辽沈牛犊闯，赢取平津紫禁眠。
跨海渡江天堑破，攻城略地战旗穿。
疾行南下如席卷，号角吹红五指山。

◎ 沈佃荣

游坝上草原过须弥福寿庙

气势恢宏耸九天，须弥福寿叹无边。
苍茫客路虔诚道，执着情怀淡定禅。
因惜春光方遣兴，难违尘外且随缘。
空庭不记千秋事，独挽清风尽抚弦。

【正宫】塞鸿秋·游安丘天路山乡

接头接尾峰峦绕，不宽不窄双车道。绵延百里岚烟罩，通连五镇林禾茂。山乡一日游，美景随时照，农家小院留欢笑。

◎ 王京华

南湖偶得

南湖信步看峰峦，几欲收来入画盘。
小雨乍停山染黛，茅芽初露胜春兰。

◎ 柳 林

浣溪沙
为诗消瘦也寻常

三尺素笺洒墨香，诗情诗意入诗章。痴心如菊任沧桑。　写山写水携日月，读晴读雨睹风霜。为诗消瘦也寻常。

◎ 徐泮珍

醉红妆
巨羊湖晨景

粼粼恰是染朝晖。翠屏开，白鹭飞。更怜黄鲤闷头追。该时节，正初肥。　春光明媚怕来迟。露摇落，梦依稀。忽有烟舟撑得快，三曲折，几迂回。

【正宫】脱布衫带过小梁州·登上淹子岭

恰螺旋、绳捆青山，待极顶、手触苍天。抬望眼、烟村碧染，嶂千重、翠滴山涧。　[过]海阔天空任那云浪翻，怎不让俺浮想联翩。曾经沧海变桑田，珍珠畔，风景旧曾谙。　[幺篇]悟空大闹龙王殿，八仙客、醉卧云端。姜子牙，芭蕉扇，红孩儿大战，统统都是那过眼云烟。

◎ 魏长收

青州古街

飞檐雕刻数招牌，今古风情集一街。月照六朝文雅地，挥毫淡墨梦无涯。

◎ 庄兰香

卜算子
兰

本是一幽兰，似被纤尘锁。不与群花争奈春，更付高情裹。　风过雨无痕，托契何无可。自在花飞千里香，净月能知我。

◎ 卢振祥

兰花初绽

满目春花尽弄姿，独惟君子性矜持。晨来室内传芳信，原是香心吐玉枝。

◎ 范德忠

鹧鸪天
夏日学车

夏日骄阳似火烧，驾车训练汗如浇。离合轻踏稳局面，方向微调看坐标。　人生路，晚霞桥。老夫聊撒少年娇。前行有道鹰飞翅，后退循规天远高。

◎ 赵 龙

清明节与李小妹骑行松月湖

趁得清明些许闲，骑行松月意千般。
单车醉把红尘寄，双影欣将长梦关。
风拂轻舟浮绿水，树摇暖日耀青山。
繁花染尽三春色，不及佳人一笑颜。

◎ 李万瑞

抗 疫

共济苍生采古莲，克平双水写寒烟。
时人尽识三山秀，艰土空余一鹤天。
义胆莫教禽散恶，不眠何惧鬼行船。
容将剩勇追穷寇，辞雪春枝已着棉。

注：一鹤，黄鹤楼；双水，长江、汉水；三山，火神山、雷神山、钟南山。

◎ 祁汝平

翁妪走神州

谁云老朽愿难酬，翁妪偕行畅快游。
泰岱才迎红日跃，漓江又伴碧波流。
涛飞壶口口悬瀑，云涌黄山山作舟。
锦绣中华皆胜境，风光无限看从头。

◎ 武福河

题书画家王存胜
《竹溪双清图》

竹义新农绿水间，溪吟鹤顾小康年。
双兴百载强国梦，清显金银两座山。

◎ 孙 燕

临窗听雨

窗外芭蕉雨，中闻太古声。
茶瓯浮绿雾，花束递香风。
信笔临书帖，余暇阅典经。
消闲犹适意，只在一心空。

◎ 冯恩利

淹子岭晚照

余晖涂日色，望里荡烟岚。
岭跨葱茏野，河流壮阔川。
几只蝶草上，一对鸟枝间。
料是今宵梦，清风送月圆。

◎ 郭小鹏

满庭芳

夏 曲

初遇蛙声，又逢荷影，溪桥魂梦才浓。归舟斜系，峣榭势凌空。隔岸蝉吟旧曲，恰犹似、浅送残红。凭栏望，幽幽小径，更有韵重重。　　林边茅舍外，经春桃李，郁郁葱葱。莫辞醉，也将往事随风。闲把流年梳理，却多是、误我虚名。应如那，澄莹素月，无欲便从容。

◎ 张恩勤

忆秦娥
八一贺

八一贺，抗灾战疫歌英烈。歌英烈，军民携手，志坚如铁。　　中州暴雨倾盆泻，"烟花"肆虐申江浙。申江浙，严防而过，玉楼金阙。

【正宫】塞鸿秋·军民携手抗击"烟花"台风

"烟花"掀浪登滩上，侵袭江浙骚齐帐。胶东有幸风头让，泉城天佑应无恙。防患于未然，不怕风魔撞。军民合力洪灾抗。

◎ 李永明

悲歌敬挽袁隆平

温饱曾经日夜求，双双泪眼望三秋。地无良计随禾愿，国有神农解庶忧。踏垄整年当觅汉，倾情一梦作田囚。心牵天下稻粱足，老骥躬耕壮志酬。

◎ 张景放

【正宫】塞鸿秋·观那达慕盛会

草原骋骏疾如电，骄阳拥抱摔跤汉。雄风勇士弯弓箭，白云绕燕空中啭。男儿三艺高，靓女芳姿艳，那达慕盛会骚人恋。

注：男儿三艺，指蒙古族汉子骑马、摔跤和射箭。

◎ 李春厚

【正宫】醉太平·初夏河景

悬崖岸边，垂柳丝千，一群鸭子戏波闲，几多燕旋。村姑正洗葱姜蒜，毛头小伙凉亭站，相机框里美人观，心中特甜。

◎ 邱兆松

【黄钟】红纳袄·星夜驰援

汛情急、水滔天，郑州城、医院淹，火箭军、星夜赶。救人设备全，空陆带舟船。与灾争抢时间，医患五千出险，斐然果、功簿显。

◎ 赵传法

【正宫】塞鸿秋·抗洪曲

中原暴雨从天降，山崖瀑布冲街浪。黎民被困求生望，军人解救洪灾抗。一村有险情，四面人财上，英明领导方针棒。

◎ 王树鹏

【中吕】醉高歌带过喜春来·雨中即景

枝头小鸟徜徉，雨点频频叩窗。羡它自在逍遥唱,听罢神清气爽。　[过]路边月季株株靓，花伞轻摇遮面庞，姗姗而至美娇娘。不及来打量，空叹影儿茫。

◎ 张庆海

【中吕】山坡羊·子弟兵河南抗洪记

急流倒灌，命悬一线，突发灾害人心乱。克时难，任当肩，护国卫士连天战，脚底泡脓席地眠。睡梦中，雨洗累脸；睡梦中，身仍救险。

◎ 杜耀福

【越调】小桃红·故乡恋

少年不恋故乡愁，已是花耆寿。夜梦常常恨思旧，泪交流，醒来品味浑如兽。北河戏鹜，南山摘豆，靓影小红留。

◎ 荆　翠

【正宫】双鸳鸯·大海边的渔船

旧船只，岸边栖，背靠夕阳盼旧知。看尽沧石生故事，常听潮水念新诗。

◎ 范黎青

【双调】水仙子带过折桂令·农家乐赏荷

驱车一路向阳坡，转眼农家赏韵荷。一池碧叶托红萼，娇羞掩醉朵，欲前拂、又恐惊蜊。清幽望，蜓立荷，戏粉腮忘记飞歌。　　［过］戏粉腮忘记飞歌，陶醉其中，不理清波。一阵风吹，翠莲荡漾，惊醒仙鹅。蹬直腿伸出长颈，抖翅膀腾跃频挪。飞雨来俓，廊下吟哦，更有白鹅，踱步欣和。

◎ 马洪奎

【中吕】喜春来带过普天乐·濠景海岸

鹅黄翠柳随风荡，露尖新荷着丽妆，啄泥紫燕去来忙。莺亮嗓，稚雀树中藏。　　［过］草初萌，花争放。少儿欢笑，叟媪徜徉。岸柳荫，歌嘹亮。情侣缠绵依栏上，假山旁、剑舞绸扬。（看公园丽景）碧水荡波，蜂蝶争蕊，大好时光。

◎ 孟庆生

【中吕】红绣鞋·六十四岁生日感怀

灯灭魂飞才尽，日沉月落时紧，人生能有几多春？达观添雅趣，无恙炼闲身，功名不上心。

◎ 刘业玲

【双调】水仙子·闻获奖喜讯有寄

打朝儿喜上眉梢，窗外榴花满树娇。枝头喜鹊喳喳叫，催我铺笺忙润毫。任凭豪情涌滔滔。群英会，赶海潮，笔自逍遥。

◎ 孟祥森

【中吕】山坡羊·游重庆武隆喀斯特景区

浮云弥漫，水流山涧，岩溶地貌连成片。洞连天，水连天，神奇景色游人恋，合影抖音没个完。洞天，仙境般；游人，真会玩。

◎ 王殿永

【越调】黄蔷薇带过庆元贞·市诗联协会结社十五周年庆

岂惧诗山路远，偏向文海扬帆。沐雨经风勇闯关，果硕功成梦圆！　［过］谁经十五载辛酸？谁尝十五载甘甜？谁歌十五载春天？弥河采花着意编，献芹送个曲花篮！

◎ 吕增信

【商调】秦楼月·问候郑州

忽儿那，滔滔黄水楼成坝。楼成坝，风急浪涌，四方牵挂。　［幺篇］我和战友频通话，声声问讯牵肠挂。牵肠挂，（听他）笑声依旧，（俺却）放心不下。

◎ 张增文

【正宫】塞鸿秋·夏晚路边摊

小桌摆在沿河畔，拖鞋裤衩穿随便。黄瓜蘸酱加葱段，花生毛豆鱿鱼串。散白各二斤，随意扎啤灌。幸福催曝一头汗。

◎ 王勤礼

【正宫】醉太平·咏崂山松

情柔气芳，阅尽沧桑，东来紫气染戎装，娇娆志刚。葱茏峰峭铺青帐。铿锵傲雪忠良将。忠诚仗剑戍家邦。宾迎各方。

◎ 张树仁

【正宫】脱布衫带过小梁州·村老婆婆喜接养老金

老嘴巴、难以合拢，老没牙、一笑出风，老皱脸、曲纹纵横，老花眼、喜眯成缝。　［过］手拿钞票泪蒙蒙，话塞喉咙。现如今吃穿不愁过春冬，俺只想万语千言把党颂，一时间难尽情衷。　［幺］这些年脱贫致富攻坚猛，大中华、万里欣荣。俺也有了养老金，还直接到俺家中送。衷心感谢党，为俺养老扫贫穷。

◎ 马士林

【双调】步步娇·醉春

又到辞冬春来报，绿在枝头闹。处处娇，一缕幽香漫山腰。彩云飘，粉面桃花笑。

◎ 杜瑞红

【正宫】塞鸿秋·戏说台风烟花

烟花掀起千重浪，各级喊话同心抗。山东大地群激荡，方方面面围铜障。措施做到家，任你妖魔状，乖乖离去别瞎逛。

◎ 孙明海

【正宫】塞鸿秋·青春易逝

阿婆侧看新生代，香肩吊挂丝绒带。当年我也新潮派，当年谁见谁都爱。时光似水流，往事封尘在，芳华逝去终无奈。

◎ 陈振忠

【中吕】山坡羊·思酬少壮凌云志

稀年同室，无图闲逸。思酬少壮凌云志。立群旗，曲英集，笑谈暮色争时日，不畏书山常动笔。合，各位喜。分，各位喜。

◎ 张修广

【正宫】塞鸿秋·乘凉

骄阳似火云天变，点香避暑花蚊厌。荷塘碧水吟诗灿，蝉声树上长歌怨。心清当自怜，人静无何盼，禅心能把三伏散。

浙江省杭州市诗词楹联学会

◎ 章剑清

鹊桥仙

故里行

残留屋址，新浇形况。放眼处，人稀园旷。水塘岩岫失深高，故里不复先前状。　　山村记忆，童呼鸡唱。碧石径，潺潺溪傍。少时旧梦莫轻寻，几多绮丽成惆怅。

渔浦古渡

三江汇集水云乡，两线开张律赋昌。
吴越春秋闻角鼓，湘湖烟雨见兴亡。
钱塘西向新安调，诗路东延古剡航。
南去北来长络绎，唐风宋韵自芬芳。

◎ 李利忠

千岛湖水天一色

山山松与柏，凛凛凝寒碧。
上下两青苍，一痕轻舸白。

疫中见玉兰花开

荆楚生机一线微，不除疫疠不言归。
玉兰岂是火中凤，也向春风着白衣。

◎ 朱超范

渔浦烟光

烹鱼烧竹恐全非，已醉诗心扶不归。
日落烟光何寂寂，月升渚色也依依。

春临骚客同时泊，秋至霜鸿一样飞。
芦外有仙三弄笛，蓬莱欲识可忘机。

杨歧钟声

宝钟世纪镇南邦，面向云林独倚江。
访寺当询玄度偈，游湖堪泛子猷舠。
杨歧藩国族当发，法相旃檀磬渐庞。
浩渺烟波何处觅，妙高楼上一凭窗。

◎ 卢远民

春游庙岭

雪梅有约精神好，几度随心驿外开。
经典并非人在阅，而须熟读又重来。

支 教

柳絮飞飞布谷天，晴耕师道雨耕篇。
浮生最忆豪情事，曾隐剑河一二年。

◎ 王益庸

题半山

半岭桃花艳，一溪流水哗。
日行高士里，夜宿读书家。
天阔远荣辱，地灵多物华。
此山心可驻，醉卧笑飞霞。

题龙门古镇

烟锁楼台云掩亭，街成八卦水流馨。
自豪最是孙权后，三国风云四处听。

◎ 陈 宏

贺浙江省吟诵会成立

双径梵声飘，清音越水苕。
志同吟诵事，诗咏震钱潮。

径山禅寺

天目之东余脉重，五峰如掌护禅宗。
初唐盛宋五山首，一记梵钟十刹隆。

◎ 蔡 铭

春 日

篱外花开落，田间草自春。
溪山烟里日，斜照独行人。

秋兴五首

其 一

一缕清风惊物候，阶前落叶已知秋。
星光云影山中月，处处诗情处处幽。

◎ 吴清怡

建党百年望复兴

百年党史忆峥嵘，骇浪惊涛暗复明。
华夏于今帆正劲，复兴大业有兼程。

清明公祭

鸣笛声声催泪波，愁闻感染日增多。
岂能乐见西人死，一样身心厌病魔。

◎ 杨 佳

樱花大道

汀州十万樱花雪,烂漫余城道无边。
欲将白云为素稿,一枚香瓣印诗笺。

塘栖春晓

微风向晚春时候,夕上村居映画柔。
俯仰鲜澄空碧水,流连新翠晓枝头。
远浮花落云烟处,摇杳轻归是叶舟。
纸上时光寻不驻,三分诗笔寸春留。

◎ 吴咏芳

鹧鸪天
中 秋

冰魄冉冉上碧空,良朋三五喜相逢。沏壶玉露助清兴,驭片飞云凌桂宫。 言有尽,乐无穷。唯期夜夜与今同。斗横杯罄人终散,寂寂孤轮秋水中。

庚子新春感吟

潇潇寒雨下无停,庚子轮回心复惊。
昔日烽烟遗国耻,新正瘟疫虐苍生。
封城封道一声令,抗难抗灾群众兵。
且宅家中不添乱,春光满垄再闲行。

◎ 徐 立

清明节

山川着墨暮云垂,无力东风空自吹。
西望故园千里路,一抔黄土寄哀思。

赠边陲勇士

谁言盛世无忧患,不见狼烟起藏关。
壮士勇当身许国,一腔忠血灌青山。

◎ 雷婧宇

玉皇山福星观论道

玉皇山顶访仙宗,论赋谈诗习古风。
坐看钱塘千古秀,风流自在画图中。

三亚晨醒

椰林飒雨惊秋梦,风海残云卷浪生。
世上河流何去处,惟哀岁月逝缘终。

◎ 俞炳华

游普宁牡丹园

游园几欲痴,邀友叙怀时。
三碗难称意,祈求花落迟。

咏百丈杜鹃花

半山青绿半山红,百丈霞烟落树丛。
不与人间争艳色,愿留清气自然中。

◎ 孔鸿德

大唐不夜城

月照长安道,灯淹不夜城。
梵音穿汉瓦,大鼓奏华程。

进化岳园

当年云月八千里,壮志空悲此地红。
望眼凭栏长啸处,河山泣祭岳魂忠。

◎ 盛以晋

敬赠章剑清会长

古曲起吟风，啭喉精气宏。
酣歌诗意雅，逸韵感情浓。
依字行腔调，求声取乐融。
传承民族宝，功德大家崇。

贺杭州市吟诵工作委员会成立

碧波千岛聚精英，骚客吟风国粹鸣。越韵清腔传世捷，唐音评话奋戈征。　湖光水色山河美，文锦墨痕书海瀛。古调传承留盛世，诗人典范付真情。

◎ 高佳平

高谈阔论

白发老翁家里战，紫色茶壶麦草扇。
一群童子围拢来，先讲隋唐而后汉。

回归自在

万种繁华乱吾眼，犹如瑞霭起风尘。
包容世事心随意，淡泊一生方识真。

◎ 李 龙

踏莎行

<small>为医者歌</small>

庚子妖氛，鼠年毒雾，新冠顿锁千村路。轻车熟马具蒙尘，凄风弱柳斜阳暮。　静若浮鹰，动如脱兔，疫情岂把亲情误。八方援助赴江城，杏林春满皆梁柱。

贺富阳稻香渔山吟诵工作委员会成立

陷地三潭传古镇，螺鱼扼守意深长。
书成富邑烟云秀，句诵渔山稻谷香。

◎ 章鸣鸿

重阳感怀

天高秋日丽，万里碧波长。
雁叫冲霄汉，风吹送菊香。
红枫擎火把，晚稻舞金裳。
父母皆苍鬓，孝心方致祥。

心香遥拜夏承焘墓

羡山湖水碧，林树色斑斓。
鸟唱存雅韵，霞飞染九天。
词宗吟魄喜，后俊咏歌延。
点炷心香拜，骚坛景愈妍。

◎ 童超贵

观千柱屋

谁知一屋柱千根，原是连体建筑群。
斯氏当年荣故里，一方豪宅显家门。

贺浙江省诗词与楹联学会吟诵工作委员会成立

莺展歌喉入树林，山中百鸟喜邀宾。
诗词吟诵随风起，从此之江有好音。

◎ 马苗林

功臣山远眺

拾阶问荻在中秋，依塔凭栏一望收。
石镜开天新市井，锦城述志旧风流。
云山更得湖光美，苕岸平添画景稠。
欲揽故乡雄与秀，爽心错识是杭州。

念奴娇
临安颂

钱王故里，彩霞映，天目苕河同阅。吴越风情，衣锦邑、水秀山清朗月。保境安民，功臣伟绩，历代多贤杰。欣看今日，小康生活欢悦。　　崛起一座新城，宽衢通远镇，层楼郊接。街市繁华，挥巨笔、跨越鸿猷抒写。气势如虹，蓝图精绘画，继开宏业。浩歌谱调，畅怀弹奏春阕。

◎ 朱纫频

三游贵州

因恋夜郎溪，三登石上梯。
梵音传峡谷，黔水浸云霓。
自谓行将起，安知意已迷。
仙踪寻觅处，绿蔓可留题。

水云乡

又到黄梅季，微风拂薄裳。
闲观云漫卷，静读雨疏狂。
蜓立荷塘举，蝉鸣柳巷长。
楝花摇笑靥，幽坐水中央。

◎ 余利生

菩萨蛮
章 村

群峰如练飘南北，煌煌一线东流水。碧野耸貂山，章村似宿船。　　千年耕读续，代代忠儿女。仁义礼为先，孝承三万年。

清平乐
年末聚餐

雪夜岁晚，聚会包厢暖。美酒佳肴频送盏，个个神容辉焕。　　男士畅叙衷肠，侠女燕语行腔。鼠岁今宵话别，牛年携手开航。

◎ 吴元法

贺故乡淳安获"中华诗词之乡"

胜日秋风沐老槐，梧桐落叶女华开。
清香报喜乘云去，赤子抒情上网来。
赫赫前贤彪史册，悠悠才俊铸金牌。
纵然古邑陪西子，更有新名震九垓。

鹧鸪天
庚子年国家公祭日

气象萧疏警号纠，思潮洗脑润清眸。神州肃貌庄严伫，庶子齐心誓破愁。　磨旧戟，砺新钩。蛟龙搏浪立潮头。复兴伟业宏图展，驱散乌云现大猷。

◎ 方韦

春柳

春日栖迟哪更寻，赤栏桥外已成荫。穿丝摇宕初青发，笼缕连绵暮霭临。　绊惹东风情切切，催生离思意沉沉。人间最是良辰短，绾住流光付寸心。

贺新郎
新居初成赋咏

足慰平生矣。看新园、一番清浅，一番春气。小筑今成应无憾，余愿已无剩几。堪抵得、襄王梦里。翠盖虬枝修竹绿，见游鳞、唼喋频相戏。阶草碧，鸟声碎。　流莺乳燕都来此。问稼轩、鸥盟茅舍，带湖堪比？沽酒堆盘邀闲友，花下娥眉妊紫。但细说、前番旧事。抛却功名都几许，怅幽怀，一望沧波逝。知我者，最相忆。

◎ 李秀娟

咏梨

妾意圆如月，妾心纯似雪。
晶梨素手分，能不伤离别。

谢谷夫君惠赠牡丹双栖图

惠我丹青解乱愁，毫端深意似香浮。
花开富贵容颜好，未若鹣鹣到白头。

浙江省杭州市余杭区/临平区老干部诗社

◎ 葛杰

水调歌头
临平

谁把东湖日，推上浙江东？超梅十里如海，犁起雪千重。五月塘栖芦橘，享誉江南江北，艳色映长空。更有运河鳖，味美醉心胸。　融杭州，联上海，动车通。新区今建，长三角里抢先红。护卫春风动力，已是迎宾极品，品质出神工。双铁上云路，共击景阳钟。

采桑子
小暑时光

鸣蝉高树迎炎夏，蝶舞花丛，犬卧林中。蛙鼓池塘唱大同。　青荷送馥繁花靓，玉树临风，黛染长空。小暑雷声兆岁丰。

◎ 黄海燕

临平区书法、美术、摄影展观感

一唱雄鸡天下晓，飞舟迎日耀千秋。
骋怀笔蕴苌弘血，壮志心歌砥柱流。

影摄回眸赤旗舞，画开惊世巨龙遒。
珠莹翰墨飘香里，惟我神州韵独悠。

心系野象群
北上移师天下传，拖家带口梦魂牵。
岂甘幽谷耽芳景，敢闯新程游大千。
云路迢迢苦安在，仙乡漫漫乐狂颠。
安营莫虑乾坤定，或恐春城可结缘。

注：春城，昆明之别称。目前野象群已抵昆明附近。

◎ 郭贤松
咏章太炎先生《齐物论释》
人能虚己以游世，老子庄生大道同。
万物一齐言在意，华严唯识可融通。

◎ 仰健雄
登神仙居有吟
长栖家舍久，胜境诱成行。
登上烟村远，迎来霁雾轻。
绳桥摇魄动，石柱破天惊。
醉揽峰峦秀，神仙属我名。

贺神舟十二号成功发射
神舟飞若箭，吻合似穿针。
哈达裁云作，诗章借月吟。
三英堪熠熠，四海正骎骎。
翘首空间站，谁端酒尽斟。

◎ 陈国伟
信 仰
转身已过六旬春，荏苒光阴信仰醇。
陋笔尚通涂泥泞，旧书虽破取钧甄。
学林苦伐孤寒夜，教苑勤耕众暖晨。
低首党徽轻接吻，百年滋润志犹真。

卜算子
荷塘月色
满月挂空清，碧水浮盘静。初夏时分小村边，飘渺荷塘影。　　谁为传馨香，摇曳芙蓉醒。绿水青山新农村，日夜都风景。

◎ 沈洪顺
端午节
年年端午年年唱，爱国诗歌入万乡。
舟桨划波声震岸，鼓锣催浪乐翻洋。
悲情似若古今别，欢快犹呈新日昌。
民众记心骚客诉，恨忧化作节缘忙。

春 草
春风一夜绿疏麻，寒土嫩枝迎旭霞。
贵贱本来人嘴授，无名也敢入宫衙。

◎ 吴正贵
再续百年启新航
百年党建世无双，同庆中华最富强。
亿万儿孙承壮志，全民信仰铸辉煌。

抗倭岁月顽凶灭，灭蒋春秋国运昌。
牢记初心齐奋进，罡风伟业续新航。

◎ 卓介庚

径山品茶

清茶一盏品春光，翠色浮沉满室香。
对坐偕君论万古，虚怀适意话沧桑。
燕翔健翮晴空远，隼卷奇姿趣味长。
习习和风心上过，烦忧尽扫入仙乡。

◎ 胡仄嫒

采 菊

四野层林染尽时，东篱霜菊绽芳姿。
采来玉蕊连云煮，半是香茶半是诗。

咏 牛

东风吹绿草萋萋，趁雨田间伴架犁。
春作秋收何断汗，北冈南陇不停蹄。
长鞭短笛苍烟远，饮罢归来落日低。
且把疲身溪岸卧，遥看千顷稻花畦。

◎ 傅一元

建党百周年礼赞

丰功伟绩成千万，起锚红船已百年。
下海造艘航母去，上天采捧月坯研。

◎ 俞祥松

鹧鸪天

<small>趣说书法</small>

篆韵流芳始大秦，方圆有度李斯

文。公孙剑下花千朵，逸少毫端力万钧。　　山是骨，水为筋。拓碑临帖养精神。三分入木松烟起，化作龙蛇逐彩云。

<small>注：公孙，公孙大娘。</small>

◎ 陈理清

漫步街中公园感赋

樱花粉白满天飘，脉脉青坪赛锦条。
红椹花开争暖意，杜鹃燕舞赶新娇。
黄蜂采蜜勤为径，蝴蝶寻幽影自邀。
更喜街中赏胜景，满园春色入云霄。

西溪采风

诗朋携手赴西溪，柳绿桃红翠鸟啼。
湿地明珠源蕴厚，泛舟赏景赞花堤。

◎ 姜桂芳

端午感怀

滔滔江水浪淘沙，竹帛留名有几家。
端午犹如常绿树，离骚恰似万年花。

◎ 王华根

红船颂

破晓红船不朽功，乘风破浪捣黄龙。
锤镰开辟新天地，星火燎原太阳红。
春雨春风圆梦路，青山绿水画图中。
初心织就千秋业，擘画兰图气象雄。

浣溪沙
赞仁和

玉带连珠遍地霞,名山名水有名花,鱼鲜尝了采枇杷。　几度春风杨柳岸,年年紫燕筑新家,空余相约品咸茶。

◎ 吴玉昌
历史文化名镇

二千多岁始秦皇,历史留存代发光。
圣殿中央明帝坐,髑髅一串念珠长。
运粮河上文昌阁,落日墙头孝妇房。
康有为书银铺匾,浙江公路首余杭。

◎ 杨祖荣
情意长

山高路远风清扬,水洁冰清呈吉祥。
人生如梦难思量,情到深处万年长。

◎ 陆　虹
咏　松

郁郁青松山岭长,昂然挺立是英模。
头冠针叶冲天舞,虎卧龙根扎地窝。
寒雪压枝当锻炼,狂风颤果作欢娱。
一身髅骨成天柱,何忘讴歌鹤寿躯。

◎ 金志梅
为当代老人画像

琴棋书画聚华堂,四宝文房摆赛场。
泼墨挥毫唐宋句,呕心沥血绘新章。
羽衣随影翩翩舞,琴韵歌喉袅袅扬。
须发苍苍不觉老,晚霞艳艳赛朝阳。

◎ 詹秉轮
辛丑党建百年小暑感言

雨语告知荷吐艳,污泥不染放清香。
蝉声阵阵歌韶夏,我党和泽百岁光。

立秋念想挚友

雨丝嬉闹梧桐叶,柔婉光风细柳声。
邂逅得听秋日起,蓦然惊觉岁时更。
念思重忆诗朋意,守住回望挚友情。
叹气忧伤过往客,同观秋月爱心明。

◎ 陈志良
渔家傲
登高

山谷迷茫云雾绕,东方金曙天将晓,溪畔飘香兰芷草。秋光好,山岚露滢莺啼早。　九月秋高众相邀,芒鞋紧扎爬山岽,桂子幽香兴趣俏。重阳到,登山耆老争年少。

◎ 吴以明
秋日相邀丁山湖

长堤岸柳渔舟泊,云影天光景色幽。
道路蜿蜒伸漾中,水中倒映饰芳洲。
垄间采菊东篱子,塘里红菱对客酬。
莫道老夫心性野,笑声荡起一湖秋。

◎ 赵方传

游闲林老街

一区雅筑古风存，廊榭亭台映漪沦。
林下闲居真隐士，廛中漫步远凡尘。
午潮泉接钱江水，湿地烟连葛岭云。
诗友每言此间好，谓吾社长魏闲人。

注：唐初余杭令张士衡辞官隐于其处，自谓闲居林下，闲林以此得名。

古籍云：闲林午潮山头有泉，每子午时泉涌，以通钱塘之潮故也。

◎ 徐仁广

庆建党百年

喜庆之时捷报频，神州上下共欢欣。
千山奏乐崖为鼓，四海和声水作琴。
社会安宁歌此土，人民富裕颂当今。
红旗指引康庄路，革命征途有信心。

沁园春

贺《共产党员生日歌》成功发表

意往神驰，情不自禁，浮想联翩。忆党恩似母，春晖寸草，阳光泽被，福满心间。遂作嘉词，再添好曲，百感成歌夜未眠。思潮涌，千般难尽诉，肺腑之言。　　参加组织多年，多少事、胸怀天下先。大爱行茟路，严于律己，勇于奉献，所向无前。风雨舟车，峥嵘岁月，奋笔专书锦绣篇。平日里，与人民群众，血肉相连。

◎ 老周浑璞光华

建党百年颂

红船搏斗百年前，马列导航聚俊贤。
南征北战斩狼虎，灭蒋驱倭建舜天。
抗美援朝卫家国，弹星升宇护耕田。
扶贫精准震寰宇，冠疫清零钟鼎镌。
两个百年前景靓，神州飞跃写新篇！

◎ 魏建伟

聆听习总书记七一庆建党一百周年重要讲话有感

开天辟地耀千秋，百载风云砥柱流。
换地改天迎解放，翻天覆地创新酬。
顶天立地龙强舞，战水飞空党领牛。
伟业未来明史鉴，人民万岁响神州！

贺神舟十二号载人飞船上天

华夏空间有站头，航天三勇到神舟。
飞船舱中苍穹傲，搏击星河宇宙留。
主席欢言亲切贺，凯歌频奏接声收。
百年党庆圆航梦，亿万人民一起游！

◎ 潘友福

鹧鸪天

红船颂

一大先锋刚露头，南湖菱角少弯钩。千钧纲领寰球震，万渡航天国梦酬。　潮水浪，启舟油。红船火炬照神州。畅开特色留奇迹，欲血三牛庆百秋。

临江仙
荣颐党庆仁和街道颂

丹节普宁今古景,钱江涌动洪流。西南烈士笑飞舟。仁和仙境靓,伟业醉春秋。　　高架通途崇胜立,花园三白神游。大云永泰卧芳洲。鹤山牛圣地,燕舞警琼楼。

◎ 施志平
西　湖
三面层峦一碧湖,东毗市井旧京都。
苏堤桃柳知春色,曲院莲荷画夏图。
烟笼山湖空亦好,霞皴塔榭暮生姝。
风流千古风流事,岂可诗笺一纸摹?

◎ 采桑子
西湖六月时光好
西湖六月时光好,山绿莲红。雨霁微风,拂起荷香十里浓。　　斜晖白鹭花深处,疑是天宫。翠叶重重,短棹船娘采露蓬。

◎ 丁金川
苕水吟
天目仙媛舞绣绸,化成苕水向东流。
秋来银月涂芦荻,冬至寒溪驻钓舟。
春燕栖梁花遍野,夏蝉鸣树绿汀州。
稻香鱼跃菱歌乐,梦里家乡我好逑。

◎ 马炳洲
纪念建党百年颂
锤镰赤帜百年传,斩浪平波启画船。
扶贫致富甘泉惠,抗疫清零仁信宣。
外砥强权军纪正,内清恶腐党情妍。
初心不忘担重任,砥砺前行登岫巅。

雾　景
岚罩峡溪深石径,晨寒刺骨少人行。
这边风景难寻觅,无奈凉亭听鸟声。

◎ 张佩红
悼共和国勋章获得者国医圣手吴孟超老人仙逝
杏林圣手功勋著,肝胆传奇一把刀。
救死扶伤黄帝匹,悬壶济世华佗超。
胸怀天下情尤笃,誉满人间品自高。
临近期颐天国去,寰球万姓泪如潮。

◎ 应新华
相见欢
贺神舟十二号载人飞船发射成功

神舟迎日腾空,御长风,箭载航天勇士、驻天宫。　　隔屏送,心潮涌,赞由衷,展翼飞鸿惊艳、傲苍穹。

原长中同事辛丑夏长乐欢聚感吟

依稀故校起新簧,若带苔溪漾旧情。
岁月春秋催吾老,青丝霜鬓引人惊。
甜酸苦辣人生味,诗酒禅茶浪漫情。
世事浮荣何足论,珍惜当下乐盈盈。

◎ 陈国明

记　梦

清宵做梦到山乡,野菊花开特地香。
半亩寒塘鱼跃水,三间暖屋竹齐墙。
村头犬吠新来客,宅畔人喧旧晒场。
一觉醒时天露白,倚床枯坐忆亲娘。

◎ 胡惠民

水调歌头
建党百年有感

长夜悲昏暗,风扫万家寒。荒灾兵劫,救民于火义担肩。唤起工农千万,燃点燎原遍野,何惧道途艰。举手补天裂,热血洒山川。　御外辱,蓄内力,护主权。披荆斩棘,换得九域盛开元。扬帜锤镰映日,举世中华瞩目,可与月争圆。喜庆百年际,处处唱殿阗。

◎ 邓元发

谒杜甫草堂

黄鸟争鸣翠柳斜,浣花溪水泛桃华。
明堂礼拜东吴客,绮阁歌吟西蜀娃。
云外岷山千里雪,雨中广厦万人家。
锦江春色漫天地,把盏凌虚酹晚霞。

◎ 郑其产

鹧鸪天
纪念西镇暴动

西镇当年烈火熊,乡村暴动浪涛汹。宣传主义人心聚,觉醒农民气势宏。　攻警所,斗顽凶,分粮开库济贫穷。英雄无畏求真理,伟绩丰功记载中。

◎ 郑长雨

瞻仰西镇区委旧址

英雄浩气震天雷,西镇悲歌动地哀。
举戟挥戈摧暴政,真金烈火铸英才。

◎ 严仕德

昙　花

花仙彩带衣妆舞,昙蕾弯腰枝叶雄。
晚更花芯容渐展,幽香飘袅满房中。

◎ 宋佐民

踏莎行
过博陆丰稔桥

柳绿芳堤,花红翠甸,蜿蜒玉带潾波远。晨钟暮鼓又相闻,慈航慧日抬头见。　掠水轻鸥,迎风紫燕,霞光树影春无限。旧时纤道迹难寻,荷塘千亩沧桑变。

◎ 李友法

登烟雨楼

历尽百年犹劲挺,凭高遥忆古城秋。
天翻地覆升平世,如画江山眼底收。

◎ 高尔康

诉衷情
临平分社聚会

诗人雅集乐融融。相约友情浓。已经四季风雨,白首又相逢。　　同桌聚,饮千盅,脸酣红。抓阄分韵,把酒作诗,其乐无穷。

◎ 裘维炯

题 梅

人人品识梅高格,我更怜君独自横。
淡对朔风寒料峭,断崖赢得客心惊。

◎ 张金娥

赏 梅

年年爱赏我超梅,听说好花今又开。
不负风光春雨里,诗翁墨客雅情来。

北京西山诗社

◎ 冯柏乔

为荆楚疫情夜不能眠

爆竹稀疏送旧年,绸缪几已付寒烟。
汉阳树下凄凄雨,点点关情夜不眠。

中国共产党百年华诞感赋

万里河山痛陆沉,红船又幸立初心。
三山彗扫狼烟尽,四化宏开草木琴。
大漠飞星追月揽,重洋捉鳖放歌吟。
神州百载金瓯固,吉梦频频带路深。

◎ 林　毅

解佩令
飙翁诗稿自题

平生狂逸,孤怀疏直,慕苏辛、前贤扪虱。慨忆当年,步仲尼、解疑昂激。学研桑、创收画策。　　丹心已识,朱颜何惜,俊游怡、飙轮欢适。赋笔吟笺,志岁月、频书胸臆。啸春秋、自娱辑集。

破阵子
说　梦

扼腕光阴似箭,感怀须鬓成翁。问字常磨灵宝剑,创业遥思商圣公。时乖运不通。　　漫写三生纵笔,狂飙万里如风。急唤吴刚倾桂酒，醉挽嫦娥舞玉宫。徜徉梦幻中。

◎ 叶宝林

牛年"赶考"

未进京都本固谋，无期赶考试题留。
先依大顺周期率，再计崇祯几度秋。
水载红船翻碧浪，旗扬紫禁展朱楼。
江山入卷人民判，欲打高分做老牛。

南湖红叶

欲落春声厚土中，追飞共雁翥云空。
裁枚赤叶擎旗帜，剪片朱笺写大同。
绛梦燃烧船上客，丹魂化入岸边枫。
生来本色逢霜艳，不改初心是火红。

◎ 梁兆智

秦淮桥上

六朝烟雨锁金陵，梦里秦淮几度兴。
伫立桥头舟已远，犹闻千载浪花声。

鹧鸪天
鼠年元宵节

庚子元宵节不宁，白衣战士壮新征。
雷霆烈火驱邪疫，烟雨春风盼鹤声。
齐归室，更关情。一团瑞气渐生成。
汤圆化我心中月，情寄江城月更明。

◎ 向 丽

小暑消夜

小暑雨添凉，荷盘送淡香。
鱼文萦柳带，蛙鼓伴莺簧。
水外萤光远，风前蝉韵长。
梢动胜摇扇，星宿射寒芒。

平湖万州

高峡平湖在万州，摩空夹岸耸琼楼。
谪仙乘凤西崖去，黄九题诗高笋留。
泽国风翻南北鸟，江天水涨往来舟。
经游转觉家山好，一曲巴谣胜艳讴。

◎ 赵化先

登大洪山

疑似凌霄殿，磬鸣禅意通。
随来随自在，兴起兴无穷。
峰向天边坐，云从笑靥红。
黄花犹识客，迎我过桥东。

庆七一感党恩

党延恩泽几何长，接过红旗细揣量。
不守初心容易散，从来勇者敢担当。
镰锤锻造百年路，觉悟随增九转肠。
奋斗人生非佛系，扬尘老骥尚昂藏。

◎ 净水芙蓉

卜算子
叹流年

细细数流年，寸寸光阴负。已是霜花染鬓边，方晓秋将暮。　　检点旧行囊，开启新之路。拟把人生再打磨，莫许繁华误。

鹧鸪天
夏日感怀

绿满枝头草正肥，青荷玉立蝶纷飞。初匀细雨花香溢，轻剪微风柳叶垂。　　怜倦鸟，叹芳菲。镜前不敢扫娥眉。嫣红愧对霜欺鬓，犹恐繁华与愿违。

◎ 王维宝

西江月
文明祭祀

难忘经年坟墓，身临今日园陵。清明祭典续民情，亿炷蓝天怎净。　　祈愿表达宗代，烧炉比拟传承。天堂逝者为冥冥，最是鲜花送秉。

卜算子
写在母亲节

岁岁母亲节，五月年年至。萱草凌霄康乃馨，儿女裁新意。　　红粉寓年轻，白紫包容示。鲐背之年身不遂，莫忘床边伺。

◎ 刘金松

悼念袁隆平院士

天地悲凄祭祀英，精心培育济苍生。
无私奉献承千古，代代深铭温饱情。

梦回田园

梦里依稀旧田园，开垦三分不得闲。
栽种几畦家院菜，粗茶淡饭也欢颜。

◎ 王维权

星河湾纳凉

闲步林荫小道边，清风细细水涓涓。
月华伴我吟诗句，悦耳蝉声作管弦。

星河湾春景

岸柳轻扬淡淡风，一湖绿水落梅红。
渔翁乐把春光钓，不觉悠然入画中。

◎ 纪大臣

残　荷

芦塘零落客离洲，白鹭无聊戏小舟。
乱雨斜来凝碧玉，残荷最懂冷清秋。

相见欢
雪里寻梅

冬阳日暖梅丛，满霞栊。西阁凭栏眺望,客无踪。　　寒帘动,是风弄。问冰红,醉后闲愁何解？梦归鸿。

◎ 赵立吉

步韵范成大《州宅堂前荷花》

亭亭玉立水中芳，洁雅莲花正盛妆。
媚泽相留窥倒影，随风欲去宿朝阳。
一枝菡萏殊无染，摇落波痕自有香。
炎夏热天柔婉秀，过临赏客顿清凉。

咏 柳

丝丝翠柳水塘边，绿盖荫凉淡淡烟。
对月柔姿催晚露，临风弱态拥云仙。
轻盈邂逅光阴箭，摇曳苍茫聚散缘。
无悔四时随日出，痴心一片守年年。

◎ 吴 辉

踏莎行
春 语

织柳莺梭，裁云燕剪。春风惠我情依恋。沾襟别泪湿心扉，放飞思念无深浅。　九陌芳菲，千花满苑。凭栏空忆桃花面。一帘幽梦酒醒时，深深惆怅风尘远。

荷塘清韵

淡淡氤氲品自高，风吹裙摆舞琼瑶。
翠衣映日情方好，两朵含羞大小乔。

◎ 周少兰

田水湾一日游

杏雨梨花绿柳柔，相邀挚友踏青游。
草莓园里香莓艳，田水湾中碧水流。
越野吊桥添雅趣，登高飞轨去乡愁。
人生难得清闲日，最是心宽万事悠。

放风筝

龙飞凤舞放天晴，五彩缤纷一线呈。
老竹为躯身矫健，薄纱裹面体轻盈。
鸢高风劲追云杂，叟笑童欢逐草坪。
壮志凌霄心喜悦，春光无限总关情。

◎ 易玉华

临江仙
暮 春

春意阑珊欢意少，楼前飘谢纷纭。殷红花瓣坠罗裙。枝头犹泣血，心底惜芳魂。　待到春残无处觅，雨来深锁黄昏。伤春女子更怜春。情如花事了，花事不由人。

定风波
惜 缘

记得青春似酒浓，少年心事采莲蓬。巧与娇娘争一朵，不可，教人启齿脸先红。　醉里清宵人忽见，生幻，一枝花影入帘栊。怎奈分飞相祝好，难老，常因往事伫风中。

◎ 李耀宗

诗　翁

举目观春燕，心随翅影飞。
群芳酣梦睡，魁首逸情催。
晨赋梅花韵，宵吟皓月辉。
紫砂装美酒，人醉夜光杯。

鹧鸪天
读书有感

登上书山一路行，眼前宝藏万千层。幸聆张旭羲之韵，又赏苏辛李杜声。　哼妙曲，墨中行，清风雅韵爽心情。痴迷艺苑天天醉，舞墨吟歌度一生。

◎ 王春陪

落叶二首

其　一

怀尔秋风抱，端沦泥下尘。
颜消前世梦，色壮后时身。
许道从萧瑟，期华合苦辛。
由来生与化，莫问几回春。

其　二

有叶临风舞，翩然入我怀。
收怜一囊角，牵惹半心斋。
纵或飘零老，不当栖泊乖。
玲珑记书页，坐忘与相偕。

诗坛撷英

"诗颂冬奥会"主题诗会

◎ 周文彰

卜算子
一起向未来

又展五环旗,旗引人中杰。抱梦驰奔古都城,独爱寒冬雪。　四海本相连,唇齿何能裂。风雨连心向未来,世上同凉热。

◎ 范诗银

北京冬奥会歌

燕京上谷地,阵列冬奥村。东方有净土,共培友谊根。迢递四海客,熙攘五环门。腾若下山虎,飞似卷云鲲。飘飘冰燕子,洒洒雪龙孙。冠军失交臂,夺标梦方温。喜闻国歌起,放纵泪花奔。中华红万缕,健儿印笑痕。斗酒英雄贺,一盆复一盆。

◎ 罗　辉

沁园春
祝福北京冬奥

虎啸开春,龙腾破雾,冰灯照红。正晓霜明洁,朝霞灿烂,韶华炫彩,雅韵涵胸。抗疫清零,誓师酬众,装点神州迎客松。燃圣火,在五环旗下,碧溜新融。　壬寅浩荡东风,留倩影、粲然如雪鸿。梦广寒宫里,空间站上,高怀留影,硬语盘空。焕发英姿,催生遐想,健步凌云气蕴隆。颁奖会,听国歌雄壮,见证初衷。

◎ 高　昌

为迎冬奥题诗

开口吟来韵似河,无须灞雪病驴驮。春风崇礼花偏好,冬奥题诗梦最多。

惟美蓝图如此画，争辉冰道宛然歌。
掌声虚席待雷动，四海豪情起碧波。

注：崇礼，冬奥村所在地。

◎ 林　峰

玉楼春
北京冬奥会

青崖似挂琼苏帐，松屑飞时珠彩漾。滑来银海万年春，刀破霜河千尺浪。　　缤纷白鸟来天上，呼啸奔雷声烈壮。花姿惊湛玉壶冰，坐看九州天地旷。

◎ 刘庆霖

浣溪沙
北京冬奥会开幕

百国精英拥赛场，只持圣火不持枪。溜冰滑雪在龙冈。　　让竞技成为快乐，借奔跑抵近飞翔。能从体育看兴邦。

◎ 沈华维

一丛
延庆冬奥会赛场

长城内外设高台。冰雪任风裁。混沌世界东方亮，尽彰显、大国胸怀。树缀玉花，云含晓翠，洁白绝尘埃。　　几家缺席照常开。选手五洲来。天生妩媚宜留影，抱弓月、赛场竞雄才。光带板飞，技随姿妙，耀眼数金牌。

一丛花
张家口冬奥会赛场

张家口外五环风。火炬映长空。健儿搅动千山雪，聚崇礼、太子城中。追梦摘星，侧身翻转，一跃若惊鸿。　　盘旋玉带已连通。特色与谁同。争魁折桂年方壮，群英汇、赛道称雄。深谷滑翔，雪中仙子，飞上更高峰。

◎ 包　岩

贺2022北京冬奥会开幕

裹衣春信里，料峭向东行。
朔雪如新嫁，松风独老成。
天罡连野陌，地气聚时英。
五色书青史，唐音有和声。

【双调·水仙子】北京冬奥会

同悲同喜地球村，将暖还寒虎闹春。白河玉岭迎冬运，枪声别扰民。梦一圆双奥成真。玩冰客，跳雪人，莫负咱一片温心。

◎ 何　江

贺第二十四届冬奥会在北京开幕

白雪映红旌，兜鍪太子城。
合当餐凛冽，应是乐峥嵘。
玉道张家口，冰心大北京。
寅春闻虎啸，犹唱五环情。

◎ 刘爱红

喜迎北京冬奥

五环旗影健儿村,可爱墩墩迎进门。
雪舞冰花飞七彩,国歌声起醉心魂。

◎ 胡 宁

壬寅正月初二祝福北京奥运

且抖雄姿威武生,千师振旅北京城。
海山正合青春美,奥运从来拼搏赢。
刹那一球悬对月,飞身靓影起惊兵。
大屏擦尽陈年事,阅战观功鼓角横。

◎ 尹彩云

贺冬奥会

隆冬奥运北京欢,冰上飞驰诚可观。
精彩翩翩双妙舞,纷纷吟咏乐诗坛。

喜迎冬奥

虎啸京华剑气雄,连天雪白地球东。
八方骄子龙腾海,万里神州鹏翥空。
日射长城铺画卷,梅香大野送和风。
五环旗下春潮涌,热血浇开中国红。

◎ 石达丽

西江月

春迎冬奥

大地春回袅袅,京城客到盈盈。欣逢冬奥此时浓。不夜华灯相映。　冰上健儿飞舞,雪中圣火燃情。虎年辞旧化雷声,一岭梅花圆梦。

◎ 李建春

鹧鸪天

自驾游张家口崇礼冬奥赛区,赏景为赋

一股清风丘壑凉。弯弯跑道响回廊。百崖云锦鹊莺叫,十里松风泥土香。　冲碧汉,趁斜阳。山巅曲径转微茫。险途挑战超人越,只为寻梅踏雪忙。

◎ 宋彩霞

贺北京冬奥会开幕

倾城霓彩映长空,圣火旌旗别样红。
璀璨之中冰雪舞,青春逐梦最英雄。

◎ 胡 彭

初二晚观冬奥揭幕赛冰壶首赛获胜更期待冬奥会开幕

荧屏镇日守新闻,雪里冰中聚万军。
昨夜小壶成大赛,一分到手也欣欣。

"庆祝建党百年"主题诗会

◎ 林 岫
百年庆感赋

南湖燃炬火，赤帜撼熊罴。
坎坷风云路，允怀堪忆之。
初心承运祚，荆棘拯忧危。
业遂英魂愿，功成笃志时。
援枹振鼗鼓，制胜折冲旗。
强国艰难事，烝黎社稷基。
整纲明饬纪，秉鉴护衡持。
善养多韬略，磨砻独亘弥。
铁肩担道义，金柝警枢机。
民望关天理，声徽适地熙。
欣圆小康梦，掣算大猷棋。
激浊俾衿甲，扬清等正怡。
当严三尺法，不负百年期。
砥砺中流柱，腾龙威且奇。

注：鼗鼓：皮制大鼓，《隋书·讲武赋》有"曳虹旗之正正，振鼗鼓之镗镗"。亘弥：同弥亘，连续不息，见宋《太平寰宇记》。金柝：边关警夜刁斗，《木兰辞》有"朔气传金柝，寒光照铁衣"。声徽：美声佳誉，李白有"徽声粲发"。衿甲：不解铠甲，日夜警惕，见《左传·襄公十八年》。

◎ 周文彰
中国共产党百年华诞颂

红星划破乱云乌，百战多艰万里途。
早许头颅酬国运，怎临险难作侏儒。
初心已筑苍生梦，社稷新翻盛世图。
纵有豺狼凶且猛，敢登绝顶向中枢。

仰望党旗

锤镰辉映照农工，尽是英雄血染红。
仰望旗扬心浪起，浪尖耸立一精忠。

◎ 陶文鹏
李大钊颂

播火敲钟黑夜寒，高擎赤帜踏千岩。
从容笑对绞刑架，浩气飞扬天地间。

陈独秀赞

红石欣生独秀山，黑牢五陷志弥坚。
魂牵故国风流在，大彗星辉禹域天。

◎ 范诗银
一萼红

静宜春，挹轻风衔远，好一派红云。排浪松江，盘歌闽赣，飘作宝塔晴雯。向山海、传呼虹霓，催巷陌、飙焰举征轮。西柏坡前，天安门上，赋彩乾坤。　　相忆裁诗载句，看娉婷曼舞，婀娜伊人。空阔晴佳，飞裳旋袖，揾泪还语英魂。起檀板、铜琶玉管，倚新声、连韵解传薪。醉矣初心依旧，初梦犹真。

◎ 星　汉

玉溪拜聂耳铜像

白头人拜黑头人，一曲千秋建大勋。
铜像影随河岳远，提琴声起地天闻。
军民烈火威烧日，血肉长城气薄云。
却是残霞痴不动，无言伴我读碑文。

访彝海结盟处

何须神鬼巧安排，一笑轻风湖面开。
小叶丹称无敌手，刘司令是出群材。
清波两碗倾肝胆，前路千山净石苔。
当日恨无吟颂者，昆仑遣我补诗来。

◎ 熊东遨

登深圳大南山观景平台记感

广厦星罗立海门，当时一个小渔村。
风开上界天声在，圈画南疆印迹存。
老鹤排云犹奋翼，新松咬石已生根。
沧桑我亦经行者，道路如何不用论。

◎ 周啸天

党史人物之李大钊

南陈北有李，马列得东传。
名是文章着，肩将道义担。
神州期再造，江户小留欢。
一掷头颅易，稍移信仰难。

注：李大钊有联曰："铁肩担道义，妙手著文章。"曾于日本江户送友人回国，相约再造神州，云："何当痛饮黄龙府，高筑神州风雨楼。"后被奉系军阀张作霖所害，时年三十八岁。

◎ 包　岩

满庭芳

眼底江山，腹中诗句，故园携手朋俦。辉煌再启，勠力志方道。吟弄小楼风雨，不如向、浪里飞舟。暂抛却，眉间心上，旧恨与新愁。　　百年知史鉴，昔时弱女，四海博求。共家国，一腔碧血悠悠。惠质灵心曾与，多少事，绕指成柔。今何去？人间如掌，掌上写春秋。

◎ 李树喜

"沁园春·雪"与建党百年颂

百代歌诗谁最娇，沁园一曲领新潮。
长征两胜绝千古，堪与江山互折腰。

注：两胜，指万里长征和新的长征都取得了伟大胜利。

◎ 张桂兴

西柏坡

冀中根据地，背倚太行山。
密电传三役，奇兵布一盘。

聚贤明史训，赶考寄箴言。
浩渺岗南水，思来定有源。

◎ 刘庆霖
遵义会议
痛定深思知路偏，回师遵义马蹄残。
油灯一盏撑孤夜，决议五更震晓天。
复用毛公为舵手，废除外语领航权。
从兹摆正红船向，万险千难只等闲。

◎ 杨逸明
建党百年
回思不敢信曾经，仅十三人点火星。
顿使焰光明赤县，终从石库入彤廷。
进行曲里逢千劫，改革潮中庆百龄。
此际初心须惕厉，寰球正值失清宁。

◎ 宋彩霞
生查子
庆祝中国共产党百年华诞

汝立百年中，我长红旗下。赠汝满腔情，寄我心中话。　　暗里至光明，万死谁何怕。使命最庄严，再向天衢跨。

◎ 李　易
百　年
烟雨江山烟雨楼，重华切切正凝眸。
陨摧北斗九州急，浪辟南湖一叶浮。

遥付百年沧海事，不辞万壑少年头。
舱歌翻引霄云上，已放龙光射斗牛。

"送别袁隆平院士"主题诗会

◎ 周笃文
最高楼
袁隆平赞

神农后，继起有袁公。大爱庇群生。芒鞋踏遍千峰顶，灵株觅得野生粳。一身泥，双泪眼，瘦伶仃。　　毒日下，水田躬耧耙。雪夜里，基因亲转嫁。除饿殍，殚精诚。绿云栽到天南北，米珠香满海西东。普人寰，歌盛德，赞奇功。

◎ 周文彰
蝶恋花
悼袁隆平院士

噩耗穿心人尽恸，陨落灵星，泪下如潮涌。君似青松千载耸，高风早令山河动。　　汗滴禾田光脚踵，尝遍艰辛，只为谋良种。仓廪充盈粮满瓮，九泉瞑目欣圆梦。

注：灵星，星名。又称天田星、龙星，主农事。

◎ 范诗银
致永远活在心中的袁隆平院士

十四亿人一碗米，闻听噩耗心悲起。
饱肠犹自忆饥肠，叹息哀念泪花里。
院士虽是九零后，额头深纹看不够。
睿目依然光炯炯，千坪万亩夸绿秀。
手上老茧几回生，湘波越水洗还腥。
红泥土又黑泥土，一斑一块一分情。
聪耳匆匆向风迎，芦叶渐黄荻叶青。
松柏也知先生老，备好香枕听蛙鸣。
　　听蛙鸣，痛哭声。
　　先生从此去，稻花为谁开。
　　花开又花落，先生可回来。
望断千山与万壑，望断村巷与楼台。

◎ 钱志熙
减字木兰花
袁隆平院士挽词

　　星光灼灼，天上人间共闪烁；飞向长空，苍藜雨泪欲蒙蒙。　　躬耕南亩，一士钻研四海有。无限哀荣，祭祀应同后稷隆。

　　注：1999年，参加人民大会堂小厅举办的小行星命名仪式。四颗由中国天文学家发现的小行星，经过世界小行星命名委员会批准，分别命名为巴金星、陈景润星、袁隆平星和光彩事业星。陈景润已逝，其夫人到场；巴金因行动不便，由其女儿代为接受。袁隆平亲自到场，并致辞，文情并茂。最后说了这样的意思，我现在知道浩浩长空有一颗和我名字相同的星星，我今后会更努力，更有力量。

◎ 林　峰
悼袁隆平先生

夜半哀歌不忍听，湖山千里哭英灵。
昏黄云散田塍影，憔悴鬓梳今古铭。
沃壤已添粮百亿，落花空对梦伶仃。
西天鹤去无多憾，况有苍松老更青。

◎ 刘庆霖
悼念袁隆平院士

九十一龄名九州，功成一事又何求。
稻粱谋者关天下，去日国人多泪流。

◎ 李树喜
悼袁隆平老人

穿过严霜斗过风，立根永在野田中。
八方噱类食为上，万事优先是悯农。
四体不勤识孔圣，五洲有米念袁公。
天堂若设蟠桃会，先向此君颁大红。

◎ 王玉明
水调歌头
袁隆平、吴孟超两位院士一路走好

　　一瞬双星陨，英杰上青天。泽被华夏功伟，青史纪千年。大爱无疆亘古，心系黎民疾苦，欢乐抑饥寒。妙手疗肝胆，施惠满人间。　　抬泪眼，送公去，祝安眠。稻花香里，万里丰产梦应圆。垄上挥镰大士,灯下执刀天使,文武竟双全。江海关山月,天地共婵娟。

◎ 石 厉
缅怀袁隆平院士
从来稻海胜沧浪,日月差池妒稷王。
花穗声声没呜咽,神州震荡忆天香。

◎ 杨逸明
悼袁隆平先生
一生只为稻粱谋,造福人间总不休。
菩萨下凡当院士,遍留足迹到田畴。

◎ 彭崇谷
悼念袁隆平院士逝世诗
其 一
凭君四海满粮仓,千古饥荒不再猖。
痛杖阎王三百棒,为何就断此公粮。
其 二
人生未必贵高堂,十里长街滴泪伤。
着意苍生甘苦事,珠峰陪你寿时长。

◎ 宋彩霞
挽"杂交稻之父"袁隆平院士
为民温饱半生求,不窋公刘转世投。
磨月但萦田舍问,呕心唯系稻粱谋。
人饥笠冷情千动,粒实花香第一流。
今日人间从此去,神州谁不念骅骝。

注:周先祖不窋之孙公刘,是周族历史发展中的里程碑式的人物,是庆阳农耕文化的开拓者。《史记》载"公刘虽在戎狄之间,复修后稷之业,务耕种,行地宜"。

◎ 李 易
悼袁隆平
暮雨潇潇湘水长,江间一鹤自徊翔。
汗鞭禾梦终不负,芒种初心始得偿。
天命深耕酬夏祚,丕基厚筑济天荒。
请君直上凌烟阁,遥接神农五色光。

特 稿

"美丽新征程"第五届"诗词中国"颁奖典礼在京举办

2021年11月28日,第五届"诗词中国"传统诗词创作大赛颁奖典礼在京举办。来自中华诗词学会、中国出版集团、中华诗词研究院、中华书局、中国移动等主协办单位领导,多位当代诗词名家,以及关心支持"诗词中国"的各界代表出席了活动。中央广播电视总台主持人康辉、张小文担任典礼主持,著名歌唱家吕继宏、霍勇,朗诵家刘纪宏、王华国、杜虹,影视演员黄品沅、歌手平安、打击乐演奏家田园等作为表演嘉宾加盟,用经典诗词和歌舞致敬建党百年的壮丽征程。

投稿范围覆盖全国及18个海外国家和地区

2020年11月12日,第五届"诗词中国"传统诗词创作大赛正式启动,在5个多月的征稿期中,共收到投稿作品43305首,经过初复审、复活、投票、终审等多个环节,最终评选出主赛年度创作特等奖1首,一、二、三等奖作品80首,海外分赛获奖作品38首,新设立的"诗词中国高峰赛"则产生了100首精品奖作品。特别值得一提的是,本届大赛期间除国内投稿外,还收到了来自美国、新西兰、澳大利亚、巴西、德国、日本、俄罗斯、马来西亚等18个海外国家和地区投稿的原创诗词作品,投稿地域覆盖除南极洲外的六个大洲,参与范围之广创下历届"诗词中国"大赛之最。这也是继第三届"诗词中国"挑战吉尼斯世界纪录成功、荣膺"最大规模的诗词竞赛"称号之后,在海外影响力方面取得的又一突破。

第五届"诗词中国"主题词"美丽新征程"

坚持好诗的"时代性"标准

作为全国首个"高规格、大规模、全媒体"的古典诗词文化普及推广活动,"诗词中国"至今已历经九年、成功举办了五届大赛,共收到原创传统诗词投稿45万余篇,总存档作品72万余首,超过46000名民间诗人自发入驻线上"诗人档案"平台。九年来,组委会在全国各地举办公益讲座、采风及诗词文化活动近20场,连续出版"诗词中国"普及读物及丛刊、《诗词中国》优秀作品集,在全国各地建立了多个"诗词中国"创作基地及定点合作单位。2021年8月,第五届"诗词中国"召开终审评议会,由林岫、钟振振、李树喜、刘庆霖、石厉、莫真宝等诗词名家组成的评审团队评选出了本届参赛作品各组别的最终获奖名单。

"'诗词中国'系列活动的目标,就是把传统诗词带到千家万户,进机关、进校园,走进市民讲堂,让传统诗词成为广大人民群众生活中不可或缺的一部分。""诗词中国"总策划、华文出版社社长包岩表示。通过组委会官方平台展示的作品可以看出,脱贫攻坚、抗击疫情、大国重器等当下的时事热点和伟大成就是诗友们重点关注的对象,并以此为题材创作了一批体现新时代昂扬精神的佳作;同时,打工、过年、旅行、读书等普通人日常生活中的点滴小事也纷纷在诗人们的笔下化成了兴味盎然、优美隽永的作品,践行了"诗词中国"一以贯之的"好诗当有时代性"的评价标准,体现了活动在挖掘中华优秀传统文化的当代价值和时代意蕴、积极推动中华优秀传统文化创造性转化和创新性发展方面,所做出的不懈努力和取得的成果。

用诗词作品致敬建党百年"美丽征程"

在2020年11月的启动仪式上,组委会公布了由袁行霈先生和郑欣淼先生共同拟定、周文彰会长题写的"美丽新征程"卷轴。"第五届'诗词中国'今年主题非常鲜明,是'美丽新征程'。今年恰逢建党百周年,我们站在了历史的新起点。'两个一百年'奋斗目标是时代号召,第一个目标已经实现,到建国一百年时,要把我国建成富强、民主、文明、和谐、美丽的社会主义现代化强国。新的征程已经开启,我们诗词学会也要为时代讴歌。"中华诗词学会会长周文彰表示。为了体现这一主题,本届颁奖典礼的文艺演出做了精心设计,以建党百年征程为主线,分为"艰苦征程""浪漫征程""辉煌征程"三个篇章,通过开场鼓、歌曲、舞蹈、朗诵等形式,以"诗词"为线索,回顾了中国共产党成立100年来波澜壮阔的光辉历程。

周文彰会长接受采访

陈文玲、包岩宣读中华女子诗词大会获奖名单

"雪皑皑，夜茫茫，高原寒，炊断粮。"当白发苍苍的老战友合唱团唱响《过雪山草地》的经典旋律时，不少观众激动得落下了眼泪。在这支合唱团里，有多位1965年8月1日《长征组歌》在北京首演时的演员。"艰难困苦，玉汝于成"，长征精神，是近代以来国人的精神图腾，更是中华民族在中国共产党领导下艰苦奋斗、不断走向辉煌的缩影，也将全场的气氛推向高潮。

老战友合唱团《过雪山草地》

颁奖典礼由康辉、张小文担任主持人，中国人民解放军文工团国家一级演员刘纪宏、吉林省公安厅驻京一级高级警长杜虹、演员黄品沅、演员刘慧等深情朗诵了《梅岭三章》《海棠花祭》等经典的红色诗词和文章，以及本届大赛部分优秀获奖作品；青年歌手平安、青年歌唱家周旋深情献唱《沁园春·长沙》《灯火里的中国》等歌曲。在活动尾声，男高音歌唱家吕继宏、男中音歌唱家霍勇分别带来了《国泰民安》《百年》两首脍炙人口的作品，配合着大屏滚动播放的建党百年来一幕幕真实的历史瞬间，将"美丽新征程"的主题演绎得淋漓尽致，观众们仿佛穿越了百年风云变幻。

青年歌手平安演唱《沁园春·长沙》

男中音歌唱家霍勇演唱歌曲《百年》

第五届"诗词中国"颁奖典礼由中华书局发起,中华诗词学会、中国出版集团、中华诗词研究院共同主办,中国移动通信集团协办,并获得了西窗烛APP、诗词吾爱网、云帆诗友会、小楼听雨、北京西山诗社等平台和单位的大力支持。文化部原副部长、中华诗词学会原会长郑欣淼,中国出版集团有限公司副总经理、党组成员陈永刚,中华书局执行董事、党委书记徐俊,中华诗词研究院副院长杨志新,中华诗词学会常务副会长范诗银,卓望信息技术(北京)有限公司总经理张晓明等主协办方嘉宾,以及李树喜、刘庆霖、石厉、刘爱红、黄小甜、陈文玲、王玉明、莫真宝等当代诗词名家出席了活动。同时,作为第九届北京惠民文化消费季的重磅活动之一,本次活动也得到了北京市文资中心、市文化和旅游局、市广播电视局、市文物局等单位的大力支持。

本期特辑

第五届"诗词中国"传统诗词创作大赛获奖作品选

绝句

特等奖

◎ 周永国

咏指南针

天地茫茫脑不昏，胸怀子午正经存。
一心向北无言语，未被东西勾断魂。

一等奖

◎ 余俊斌

题叶子花

冷香消尽后，掠地起红霞。
似此非常叶，狂来欲夺花。

◎ 侯福云

小村来了陌生人

看水巡山访四邻，小村来了陌生人。
炕头一坐家常事，唠了扶贫唠脱贫。

◎ 李金明

咏金银潭医院院长张定宇

大无畏者即英雄，抗疫江城不世功。
莫道名医身渐冻，丹心犹可化春风。

◎ 陈淼淼

伊　人

初次隔溪只一见，梦中趁月几回逢。
东风吹破伊人影，散作桃花绽满城。

二等奖

◎ 梁亚东

咏雪花

此花无叶还无萼，生在云端心寂寞。
君若爱怜须及时，花开即是花零落。

◎ 王 平

于都长征第一渡

突破重围不夜天，长空雁唳已难眠。

红军从此西行去，十万民心作渡船。

◎ 侯良田

翁孙乐

无虑无忧小主公，弄枪使棒满堂风。

莫言麾下缺兵马，不日招安一老翁。

◎ 张明新

杏 花

前年种得一株芽，今日庭中始看花。

树要高枝墙要矮，好分春色与邻家。

◎ 张志坚

奶奶九十二岁寿辰有作

百善修来梅骨身，烛光红里最精神。

年年今日心祈祷：只老光阴不老人。

◎ 王睦武

老眼吟

多少精微辨不清，明眸已变老花睛。

回头再察人间事，近看模糊远看明。

◎ 佘减租

咏小鸡

曾似乾坤混沌身，啄开地壳看风云。

诸君莫笑绒球小，它日一声昼夜分。

◎ 李伟亮

回保定乘K字车

过眼风光数点青，黄昏广播细聆听。

慢车自有人情味，每在深秋小镇停。

三等奖

◎ 张昌武

庚子春夜听雨

潇潇中夜雨，如泣又如歌。

索性披衣起，听天说什么。

◎ 郑 力

十八洞村

带露秧苗趁晓栽，闲云一径杜鹃开。

层田叠在闲云上，只让山歌飞下来。

◎ 廖润昌

补鞋匠

线去针来竟日忙，匆匆步履走诸方。

不须只向高层望，足下功夫亦锦章。

◎ 余青海

欣闻小城援鄂英雄无恙归来
（白衣天使）

锣鼓声中天使归，曾经危难逆风飞。

此生未作英雄想，我只寻常一白衣。

◎ 彭明华

山行有遇

无心惊草木，何处振清响。

一影动空枝，已在青云上。

◎ 王志伟

回乡祭母感题

墙厚苍苔锁覆尘，相逢握手旧乡邻。

山庐一自炊烟断，我在村街是外人。

◎ 杨小平

暮冬行吟

冷雨弥天寒更寒，田间新绿已斑斑。

行人莫向高枝看，春色先从草上还。

◎ 李荣聪

打工人家

新年刚过又离村，临别低头脉脉亲。

待到明朝儿醒后，爹妈已是外乡人。

◎ 吴　淞

途中见蓬蘽成片

记得儿时草棵里，青黄未熟已零星。

而今红透无人采，闲挂灯笼照野亭。

◎ 印建生

粉笔生涯

生如粉笔不知休，横写春山竖点秋。

长袖一挦飞作雪，润开桃李百花洲。

◎ 杨　强

晚过小巷闻贩声，感而有作

里巷春寒灯火明，道旁小贩苦经营。

扫除雪月风花句，来听人间市井声。

◎ 刘连华

红　日

初生海面便无缺，待落山头仍旧圆。

未向人间谋一物，却将光焰照山川。

◎ 王中伟

咏加勒万英雄

长风瘦石冻云昏，骄虏狂嗥欲噬魂。

双臂横拦先作阵，一身血气是昆仑。

◎ 周崇坤

与妻通话作

细雨初来天乍寒，知君线上正开餐。

一城灯火阑珊夜，两处加班互问安。

◎ 曾继全

送　夫

故园窗画冷，南国岭萌春。

莫作拈花客，多思扫雪人。

◎ 陈国元

居陕做拉条子面

一揉一擀几伸张，拉出黄河九曲长。

臊子加些酸辣味，他乡从此有潇湘。

◎ 徐俊丽

观武汉友人垂钓图后作

几处青青几处颓，一城汉水待惊雷。
江边草与人间事，都是春风劫后回。

◎ 曹丽芹

问梅消息

如今又问梅消息，飞雪之时探小园。
欲写冷香无好句，新诗还有旧诗痕。

◎ 刘爱红

玉门关听琴

一曲清音天外来，秋风卷过白云台。
小盘城上夕阳里，曾舞青锋剪翠埃。

◎ 李　云

感老兵合唱《大刀进行曲》

鹤发童颜血气豪，天崩地裂杀声高。
当年滚滚硝烟里，一个音符一砍刀。

律诗

一等奖

◎ 张红英

隆尧县胡家圪塔村访赵关海烈士故居

寒风何碍慢追寻，入眼低墙小木门。
犹把心思倾老院，好从旧迹认前尘。
油灯挂壁窗糊纸，镰斧无声士有魂。
件件可呈革命史，留于我辈正衣襟。

◎ 杨　刚

货车司机妻

露重独无眠，计程群岭边。
粘崖云路曲，危石铁丝悬。
轮疾惊山鬼，灯明啼杜鹃。
何时一声笛，相拥在门前。

◎ 高盛毅

未婚妻驰援武汉抗疫

一纸留言语也柔，驰援江汉下樱洲。
情书当是战书写，国事先于家事忧。
不惜倦身医白发，唯怜病骨对青眸。
隔屏嘻作熊猫态，两地欢心两地愁。

二等奖

◎ 李小玲

正　秋

西风加力入闲门，作势未曾惊小春。
树有香从檐角下，云生色向岭头匀。
千忧易解为高士，一笑无邪是可人。
遥看楼台灯火外，天光如水月同尘。

◎ 谢　民

咏　尘

飘渺沉浮岂惧风，今生无忌只因轻。
曾临金殿蒙圣座，也落残碑探史铭。

往看千年争奈事，更闻万代叹息声。
此身幸做逍遥客，日落日升总不惊。

◎ 蒋继辉
苏子像前遐思
仰望千年惊世才，像前小路独徘徊。
心随出猎鞭声远，梦觅抗洪鸿爪来。
诗里雪涛堆赤壁，目中剑气压乌台。
何时一展苏公笔，写尽人间风与雷。

◎ 张成昱
桥　牌
四方高士互征伐，对对相从暗许他。
素手拈香估胜负，玉笺留意伺通杀。
叫天不应三无将，加倍难敌五草花。
算尽人生多少事，掀桌才算大赢家。

◎ 周立军
盛京满绣扶贫
旗袍刺绣进贫乡，从此村姑变巧娘。
不独一镰收麦月，敢将十指绘霓裳。
挑花自让孤枝散，打子还赢五谷香。
鸡犬也听金缕曲，柴门今日正飞凰。

◎ 储昭时
登天柱山有题
巨臂高擎日月旋，群峦拱揖立中天。
偶因河汉初生约，便结风雷不死缘。
撑起穹隆开混沌，相通兜率走神仙。
我来欲得昂霄气，恨隔灵峰一壑烟。

三等奖

◎ 张万银
麦收时节
丰年如画里，麦穗向天齐。
汗滴田间土，灰成鬓角泥。
开镰风满袖，荷担日沉西。
携月归来见，门眠竹子鸡。

◎ 陈茹洁
酱
出自杂粮五谷中，几经炮制趣无穷。
火锅拌料三冬暖，菜品滋颜一夜红，
盛宴琼浆能共对，欢声笑语可相融。
浓妆淡抹皆增色，总与寻常味不同。

◎ 叶素义
登春山
江村人困久，晓起入深林。
双屐踏残露，一筇惊宿禽。
晨曦破岚雾，溪水浣松阴。
欲上春山顶，好与鸟谈心。

◎ 董万英
霜
雕玉凝晶叠素花，枫丹草白着冰纱。
乌啼山寺云烟淡，人至板桥寒月斜。
莫道夜深常作客，只缘日出已无家。
今宵有梦银铺地，何意明天化早霞。

◎ 孙双凤
父亲扁担
拂去蛛丝掸落尘，当年伙计父随身。
每从井口夜挑月，亦向山头日担薪。
满眼细纹藏旧梦，两肩雪雨化青春。
于今偶听吱呀语，还似儿时那样亲。

◎ 唐本靖
丝绸之路颂
千里依依辞汉宫，当时跬步去匆匆。
客愁半结葡萄绿，乡梦新添玛瑙红。
莫道云天尘漠漠，何妨夷夏月溶溶。
而今又见丝绸阔，铺到蓬山东海东。

◎ 蔡永政
赠唐崖农民诗社
撷花带露自清新，雅韵须从厚土寻。
稻浪悠悠常赋咏，竹烟袅袅乱横琴。
肯将乡社连诗社，且就茶林作翰林。
力助脱贫憨进鼓，振兴更奏最强音。

◎ 李如意
夜　坐
远江渔火渐澄明，隔岸钟楼断续声。
月落纱窗灯射影，风临门巷夜围城。
家山寒雨千行泪，客路霜枫十万兵。
我有春心犹未死，年年整顿待重生。

◎ 吴江汉
立马九岭抗日篇——记长沙会战
英雄誓死战长沙，喋血丹心映晚霞。
毕竟苍天曾有泪，原因华夏已无家。
断腰刀斩倭奴骨，埋首名成彼岸花。
我欲招魂何处是？悲歌一曲祭天涯。

◎ 邓建秋
观看送别援鄂医疗队返程视频感赋
来时雨雪去时春，劫后相看百战身。
履险须存先死志，扶危赖有逆行人。
与君同代何其幸，此义齐天弥足珍。
把袂临歧挥泪处，倾城花气正氤氲。

◎ 屈炳水
塞上人家
相邀山野里，会饮一农家。
墙矮行街阔，檐高翼角斜。
三餐无旧黍，四季着新纱。
莫问脱贫否，欣欣满院花。

◎ 张曼雪
戏赠自己
由来雾霭氤氲处，最是吾庐不染尘。
篱外梅兰皆是客，杯中岁月更为亲。
人常恨我轻狂态，我却怜人世故身。
挥手长辞萧索意，摊书细把月光匀。

◎ 张金童

题陆放翁集

池馆萧疏辨水痕，独来倚杖欲黄昏。
波分桥下疑留影，角彻城头忽满园。
终逝楼船空雪夜，忍听铁马入荒村。
他生果有梅千亿，散与东风过剑门。

◎ 张成昱

洗衣机

红颜紫绶两相邻，不洗轻狂只洗尘。
王谢衣冠揉一处，清明领袖忍三轮。
藏污不易风流卷，遗恨惜如云水皱。
总恨青衫不常湿，西施曾是浣纱人。

◎ 林群驰

端午做麦饼菜怀亲

艾符蒲酒又端阳，麦饼熟时归故乡。
汗洒灶边添火绿，梦回额角点雄黄。
怀沙读罢休垂泪，渔父吟成恐断肠。
欲报平安无号码，不知何路接天堂。

词

一等奖

◎ 侯良田

西江月
种粮大户魏老汉

送走孙儿上学，叫回儿子收禾。种粮成了带头哥，县长前来祝贺。　　吃点不愁银子，喝杯还怕阿婆。烟锅一磕笑呵呵，今晚新闻有我。

◎ 王　力

西江月
卖糖葫芦的老人

皴手磋磨风雪，黝肤沉淀阳光。任将岁月蘸冰糖，甜透大街小巷。　　见惯千番清冷，望穿数点昏黄。葫芦串里串沧桑，卖到梅梢月上。

二等奖

◎ 马建华

清平乐
使　命

劳劳永昼，霜裂枯皮手。翠叶清香装满篓，皆是田间葱韭。　　迎着料峭春寒，穿过沙场硝烟。心盼白衣天使，偷闲尝个新鲜。

◎ 张海全

鹧鸪天
老汉脱贫班学习晚归

踏响东邻犬吠声，归来皓月照闲庭。心头有问未能解，课件翻开又细听。　　争望远，敢攀登。不甘输给小年轻。如今已摘贫穷帽，汲取书中致富经。

◎ 王玉明

声声慢
灵岩山怀古

春秋史阅,试问吴王,当年可料惨灭?玉殒香销空恨,馆娃宫阙。歌台舞榭迹绝。墨客吟、晓风残月。叹往事,任人评、美艳复惊凄切。　　只有灵岩山佛,看不尽、斜阳古今伤别。暮鼓晨钟,更伴子规泣血。茫茫太湖隐约,远涛声、夜夜听彻。在碧落,想必是冰雪冷冽?

◎ 张耀臣

贺新郎
高中同学许昌小聚

重聚心何惬!正韶华、魏都分手,海天鱼跃。多少同窗当年事,入梦频频亲切。最艰苦、地瓜菜叶。映雪囊萤长慕叹,忆书声、朗朗冲天野。争旦暮,灯长烨。　　二十六载光阴掠。去故里、蓟门砺剑,昆仑啮雪。离座行杯关情处,谈笑壮怀激烈。贺学友、建功立业。君等中流担重任,叹今吾、大漠殚心血。知我者,天山月。

三等奖

◎ 全凤群

青玉案
老屋情思

柴门已被游丝锁,手推处、蜘蛛躲。物什蒙尘谁识我?廊檐木柱,麻绳石磨,都是当初做。　　昔时慈母勤无那,磨豆深宵不曾坐。半簸才完还半簸,满天星斗,一灯昏火,姐妹围三个。

◎ 夏新权

清平乐
悼周总理

周公太累,一直人憔悴。合下眉头方入寐,举国撕心裂肺。　　泪倾八尺灵台,悲催十里长街。身骨何须寸土,山河就是胸怀。

◎ 金可国

鹧鸪天
迷踪拳

八步连环走震宫,指星望月势如虹。白蛇吐芯冲天炮,鹞子钻林括地风。　　头领劲,腿轻松。身形飘忽幻无穷。仙人送客三阳指,叶底藏花穿肋功。

◎ 龚文超

临江仙
返家

帘透月寒风搅梦，醒来才却三更。思乡长夜有谁明。欲眠终不尽，落笔也难成。　　笑看山花依旧处，问君多少归程。山关难阻远人行。心头家一字，最是累平生。

◎ 苏　俊

蝶恋花
摆摊

辜负春风春莫恼，巷尾摊头，人似啼山鸟。叫到无声愁未了，花飞那管朱颜老。　　自侃自怜还自笑，一担双肩，挑得情多少？不记车尘浑吃饱，归来更把文章咬。

◎ 刘庆斌

忆王孙
净寺观宋曜变天目盏

可曾天目泪阑干？劫火河山一并残。憾史灰余几曜斑。　　问茶禅，慧日峰青色正寒。

◎ 卢继清

鹧鸪天
时代楷模徐振明

云近山高放眼明，英雄迟暮守安宁。不移松骨峰中志，难忘将军墓后铭。　　陪冷月，点流星，红松列阵见峥嵘。雪飞叶落凭他去，入耳犹闻喊杀声。

◎ 王晓媛

卜算子
回忆陪父亲看电视

总忆那些年，共对银屏小。嗔我回回透剧情，自作聪明早。　　今日对银屏，孤寂谁知晓。惜是时光难倒流，不复当初好。

◎ 翁钦润

鹧鸪天
长江十年禁渔感赋

鱼少虾稀愁棹翁，珍稀物种更无踪。十年禁捕还生态，泽被生灵百世功。　　收网具，系舟篷。一江碧水护鱼龙。江豚闻此频憨笑，跃过烟波几万重。

◎ 孙　群

鹧鸪天
傍晚白发老夫妻公园自拍

白发犹将波浪翻，每看老伴总新鲜。流霞暖透眸中意，昵语羞红水底天。　　调速度，对光圈，延时三秒赶并肩。镜头拉得斜阳近，不许黄昏坠眼前。

古风

一等奖

◎ 丁 欣

陕西博物馆见虎符

中有貔貅在，呼出可纵横。
握之仅掌心，合之崩雷霆。
飞驰每星夜，血火结连营。
风云藏于腹，铠甲相映明。
曾记救邯郸，亦复想长平。
荏苒光阴过，孤身客展厅。
六军归地下，白骨念苍生。
海晏河清日，愿不再言兵。

二等奖

◎ 孙彦学

观淄博雨点釉有怀

淄博古瓷色如漆，忆昔日日炉火疾。
匠人辛勤设一窑，汗滴点点出窑室。
窑瓷万变变难同，一窑富贵一窑穷。
富者购盏斗茶去，贫者买瓮叹粮空。
粮空三日无生计，自卖为婢或为隶。
日与富人点茗茶，始识雨点如飞涕。
　　君不见古窑淹没今窑开，
　　埋尽朱门万贯财。
但爱名瓷土中得，千年富贵如尘埃。

◎ 谢少承

"天问一号"火星探测器升空感赋

海角初发轫，矫首出昆仑。
决眦远相送，挥别烟一痕。
此去亿万里，何曾识晨昏？
流星雨逆击，太阳风追奔。
猛志在远道，艰阻何足论。
适彼星荧荧，千秋惶惑人。
昔有天问者，怀沙志难申。
于今不速客，往访将叩门。
星槎停回棹，止泊探其真。
夫我欲天问，好奇已蹄轮。
继者驰若鹜，效之或井喷。
我谓泛槎者，天心在一纯。
岂为掠其地，岂复攫其珍？
我居已维艰，何必煎同根？
愿作星际驿，次第访参辰。
愿作万古镜，反躬地球身。

三等奖

◎ 范展赫

脱贫攻坚歌

寒门常掩寒门哀，寒门今始雨云开。
寒门子弟归何处，高阁一似金银台。
忆昔衰杨古柳咸阳道，凄凄满秋草。
忆昔虔刘征伐事未了，道路多病殍。
忆昔千军万马为蒲桃，白骨乱蓬蒿。
忆昔唐宋明清圣主朝，百姓苦征徭。

往事尽沉埋，那堪拾薪古槐、饮金钗。

明月出君罍，清风入我怀。

君不见，扶贫策。

接江湖，连阡陌。

愿教百姓共甘苦，山高水远不相隔。

修铁路，成广厦，又见紫陌驰驿马。

苔痕休上螭龙阶，秋风难破鸳鸯瓦。

鸳鸯瓦下起炊烟，炊烟尽处开春筵。

审时度势鸟随柳，因地制宜水傍田。

观罢绿水观翠微，风乎舞雩咏而归。

家家篱院响鸡豕，夜夜灯阑不掩扉。

冬日升早晚，百姓足冷暖。

借问东君信，却道春欲返。

九州闾阎笙歌奏，云出岫。

明日生活如新情如旧。

◎ 鲁云信
黄山日出

黄山奇，天下知。黄山日出令我痴。

千里求宿小木屋，切意只待迎晨曦。

侵晓手执黄荆杖，瑟缩身裹厚棉衣。

松涛贯耳云入扉，天籁真趣兴欲飞。

六月风过夹霜气，万重遥山玄幻里。

怪鸦声起黑松林，危途惊心履石齿。

银河奔涌泻绝谷，胸中块垒半清肃。

独临望海石，云托啸傲身。

数峰清癯疑仙侣，偕我巡察九天宾。

下顾百姓尘寰中，残灯闪烁野朦胧。

人以胸怀辅天地，我以险戏阅奇峰。

抱山吞吐青云志，亲水空灵伴蛰龙。

凌水砺石成仙境，日月坚恒道何穷？

山作画笔地为纸，四季丹青变幻中。

君不见龙蛟争霸千百年，

风云倾轧在苍穹。

始觉高处不胜寒，天际空泛胭脂红。

物理万变遵大道，天人合一归大同。

唯待云枷雾锁一跳脱，

旭日雄起大海东。

◎ 武 桢
树木为台风所毁歌

灰珀新动暑未消，海上奇风拟金鼓。

云浮百城颇严阵，江南化作瓢泼雨。

小园积潦鱼出塘，穿根蚁穴南柯怒。

风作敌兵纵打围，东西倾倒怜碧树。

风力欲拔成龙去，结根尚恋人间土。

几日人间迭阴晴，蚁败鱼归根欲腐。

叶叶垂头黄且枯，枝干犹指青天竖。

鸟飞来过旋去之，旧巢不存惊无主。

叹尔形躯苍虬姿，风雨摧折甚斤斧。

我欲及尔未颠覆，移之江湖就散木。

萧疏老卧曲辕中，不以荫人争郁郁。

◎ 武帅腾
登箕山

穷阴沍寒峭，访游行客少。

即兹契吾意，出行及清晓。

露叶倦霜空，寒飙荡林杪。
雨润莓苔滑，曲径入窈窕。
献媚山花艳，争翠丛筱袅。
鸣泉泻石根，蟠松势夭矫。
既跻薄刀岭，区具一何小。
亭阁出层霄，绝壁阻飞鸟。
氤氲灏气浮，川原皆缥缈。
烟霭忽开阖，异象纷萦绕。
身轻若羽化，迥出三山表。
清啸激长风，襟怀何皛皎。
眷言向归途，怅望云壑杳。

第五届"诗词中国"传统诗词创作大赛港澳地区及海外分赛获奖作品选

绝句

二等奖

◎ 张祥雨（加拿大）
歌　者

情如泉水流不尽，声似金钟悦耳鸣。
大爱无疆枫叶好，红红火火是人生。

◎ 早川太基（日本）
青城山天师洞弹琴

天师幽洞腊梅开，琴客托情焦尾材。
指下七弦余响定，空山灵雨骤然来。

◎ 熊天锡（美国）
早　读

岁月飘黄叶，诗书补白丁。
窗前陪我读，总有启明星。

◎ 赵剑诚（加拿大）
月到中秋

夜阑风息虫声静，樽前灯火映窗明。
酒淡何愁无对饮，月到中秋自多情。

三等奖

◎ 沈家庄（加拿大）
庐山记游——小天池

天池一鉴照天开，走雾奔云至此回。
羞共汪洋争巨细，函珠怀玉守高台。

◎ 冯嘉乐（澳大利亚）
黄鹤楼

青山为帐月为纱，鹦鹉洲头别故家。
梦里笛声无处觅，江城依旧尽芳华。

◎ 王　巨（美国）
冬日乡思

半生流落在天涯，老叟无时不想家。
一月佛州郊野绿，故乡千树雪如花。

律诗

一等奖

◎ 王长友（俄罗斯）
本命年咏水牛
灰毛短腿铁蹄宽，牵乘拉犁轭在肩。
累卧茅棚身逸乐，饥餐枯草味甘甜。
无心方阵朝前挤，有角圆弧向后弯。
一世属牛终不悔，且将牛劲度余年。

◎ 李晓明（新西兰）
岁杪度假归来浅唱
庚子谁嗟不计龄？徒教杞虑鬓添星。
春生每接林皋雪，草劲宜看石罅青。
鸥鹭盟中回脚力，烟霞郭外熨心灵。
奚囊重拾江城作，临牖孤吟半月听。

二等奖

◎ 朱莉娟（日本）
冬日随吟
云有清风鸟有声，枝头玉蝶绽冰莹。
携来瑞雪添颜色，拂去香尘隐性情。
昨夜诗歌才作伴，今朝车马已辞行。
时光做酒邀新月，不问是阴还是晴。

◎ 平光辉（美国）
南湖春色
南湖春系柳梢前，斜雨轻风拂画船。
一叶撑开红日出，何人擅把壮词填。
重温往事张胸臆，更傲今朝换铁肩。
如此江山须把酒，高吟不逊汉唐篇。

三等奖

◎ 任　刚（美国）
庚子冬暮有思
野水寒芦似故乡，小城楼雪恰相当。
荜门埋首惊年近，山月侵眉感夜长。
渺若微尘犹契阔，散如浮梗各炎凉。
北风莫要催游子，更渡桑干两地伤。

◎ 蒋振平（美国）
咏　牛
役力耕耘犁黑土，声驰顶角身危怒。
乐于助益缘知恩，甘守淡怀为报主。
事畜耐劳任蹉跎，坚诚奉献持辛苦。
老牛亦解贵韶光，不待扬鞭自劲鼓。

◎ 马明强（英国）
深秋的思念
深秋最美艳阳日，潇洒层林秋日黄。
秋意渐浓牛未识，悠然自得气昂扬。
舐犊情切临行缝，梦绕魂牵化为霜。
岁岁秋之寒露降，高堂思念最凄惶。

◎ 赵欣雨（马来西亚）
记参与马来西亚《红楼梦》发布会
胜日青云描碧树，四方驱驾向红园。
宾朋共祝芹文盛，少长携偷半日闲。

贤老藏书传乡异，曹学平地起洲南。
贾门旧友迎新客，一曲凝眉若昔年。

◎ 钟钧镁（美国）
立春感怀
愁困天涯又一春，适临佳节倍思亲。
阿爹奋镐开天地，慈母挑灯补帽巾。
时事系心关故国，疫情萦念为斯民。
客怀激烈难排解，一任长歌动汉津。

◎ 姜海燕（美国）
半冬忙于科研论文之事直至清明节后才得闲细赏光无限
蝶舞清风叶叶春，篇成掩卷拭冬尘。
堪怜庭外扶桑艳，更喜池边橡树新。
一木一花知我趣，半生半世为书贫。
甘心厮守文章里，何患年年老去身？

◎ 汤　黎（巴西）
重　阳
九天云暗惊雷动，一地风疏骤雨凉。
南美春深临祭节，神州秋尽已重阳。
我思折柳当年别，谁会登高昨日望？
共乘银河孤小舸，分居宇宙两无常。

◎ 吴明朗（美国）
栀子花吟
叠翠蓄精华，疏梢发玉葩。
盈盈方一剪，馥馥已多家。

甫是眸中物，寻为案上花。
香浓人亦醉，半寐梦天涯。

◎ 顾秋平（香港）
山　居
秋深唯爱凤凰居，石室寻贤旁结庐。
水动溪声林鸟静，月移花影竹篱疏。
闲来偶绘千张画，兴起时观万卷书。
寂寞常随无日夜，原心不改总如初。

词

一等奖

◎ 许明俊（香港）
水调歌头
山东蓬莱阁怀古

　　沧海阔千里，潮起浪滔天。凝窥幽处，鼋鼍遨泳履平川。倾羡苍穹无际，慨叹白驹过隙，何处访神仙？高冈且吟卧，长袖舞翩跹。　　风云变，雷电怒，海天连。蛟龙腾跃，催发虹彩共生烟。莫笑红颜终老，且驾扁舟一叶，笛咽水云间。壮志应犹在，宝剑色还鲜。

◎ 周良彬（意大利）
减字木兰花

　　新来病酒，酡脸凝眸江水皱。日上帘钩，金灼阳光洒过头。　　封城浓醉，寄去乡愁多少泪？望断今春，白了青丝瘦了人。

华转瞬，无限沧桑。愿万家和，万事顺，万民康。

二等奖

◎ 余兆炽（澳大利亚）
南柯子
耍拳

溪畔榕林下，晨曦鸟语中。卷肱抟臂走游龙。信手推云拨雾又牵风。　　尽摒心中虑，恭行眼下功。神清意静气盈融。疑似逍遥漫步在太空。

◎ 何　显（加拿大）
鹧鸪天
嫦娥（五号）归来

一念飞升悔断肠，广寒寂寞画屏凉。忽闻有客来乡梓，舞袖迎风喜欲狂。　　乖玉兔，醉吴刚，酒阑筵罢理行装。好携月壤归华夏，夙愿千年得所偿。

◎ 李振华（法国）
行香子
客乡偶感

塞纳苍苍，片月昏黄。放浪人平步星霜。青梧蟾影，枝末流光。惦天边云，云边水，水边窗。　　车来客往，香风轻荡，八方灯火竞明妆。岁

三等奖

◎ 周苏滨（加拿大）
东风第一枝

福地风清，洞天日朗，当年武陵人到。西洲易老湘芸，北枝难栖越鸟。乡魂雪阻，天涯路、萋萋芳草。忍别泪、凭借东风，访得暖冬仙坳。　　倚万仞、落基吟啸。泛九曲、飞沙垂钓。云闲沧海朝晖，雨霁遥山晚照。市中喜会，旧芳邻、同胞多少。最销魂、面向汪洋，故国登高凝眺。

◎ 冯　玉（加拿大）
水调歌头
华工英魂祭

哀壑惊千尺，古雪叹苍茫。落基山脉天堑，寒木蔽天光。筑路东西通贯，征得华工过万，勤力世无双。一别家山后，万苦抵加邦。　　攀绝壁，凿隧道，建桥梁。血凝肉铸，寸寸路轨浸悲怆。里邑情亲梦老，异域虫沙骨槁，回首泪千行。碑立载功绩，青史永流芳。

◎ 路　易（美国）

清平乐

比特摩尔庄园

悠悠小路，林海深深处。古木蓝天鸥鹭舞，城堡一时独步。　　百年惊世奢华，风华绝代人家。往昔随风飘逝，芬芳满苑繁花。

古风

一等奖

◎ 徐依苹（日本）

庚子问天

星移斗转逼岁阑，恭送除夕迎春元。
何缘庚子多危事，六十轮回非常年。
烟泥一捧殁池火，义拳几击撼金銮。
新生共和荆棘路，三载饥馑断炊烟。
而今又逢贵庚子，无形魍魉啮尘寰。
东君送暖柳枝翠，可叹花前绝喧阗。
商家谢客停生意，友邻远避少攀谈。
街巷飘溢死寂气，白衣天使汗洗衫。
春去夏来冬又至，疫魔几度逞凶残。
坐探昊穹苍极意，难解神佛无语禅。
敢问苍天相知否？忍看生灵尸骨寒。
赞我中华多壮志，不信人民不胜天。
火雷双神平地起，医护八方大支援。
截头断尾封流路，收魔入瓮净中原。
十亿铁臂乾坤动，舞练长空缚疠顽。
凌越庚子迎辛丑，金牛奋蹄拓新田。
春风拂绿江南岸，塞北冰融梅朵鲜。
待得降妖伏魔日，
又是山清水秀万里好家园。

二等奖

◎ 薛　文（加拿大）

天门洞歌：咏天门山－天门洞

天门山下影徘徊，天门山上天洞开。
天门洞开通天外，鬼斧神凿巧安排。
天梯阶天九百九，力登天梯拜仙台。
秋风飒飒临仙境，秋雨潇潇润仙怀。
更有痴者追仙去，越出洞口未回来。
但愿献身云梦里，不愿红尘苦悲哀。
苦陀悲僧修来世，腾汉升天悠闲哉。
白骨累累留洞外，亲朋代代祭尘埃。
泪流潺潺随泉水，魂飞袅袅附青苔。
天外虽好不留客，且惜人间种桑槐。

第五届"诗词中国"传统诗词创作大赛高峰赛获奖作品选

绝句

精品奖

◎ 侯福云
长堤十里柳如烟
长堤十里柳含烟,远眺江心岛卧蚕。
行客岸边空唤渡,桃花水涨不开船。

◎ 胡 维
题赠小女生辰
怪我无忧霜染鬓,怜君一笑粉匀腮。
未偿几世相思债,始肯今生绕膝来。

◎ 王天才
咏白梅
绿萼一痕隐翠微,溪桥落雪照斜晖。
逸出画外无人管,嫁与春风自在飞!

◎ 谈 琰
幸福生活
忙碌多年已退休,归心念父故乡留。
夕阳结伴儿时路,小老头推老老头。

◎ 张明新
高铁上
春风相送一程程,窗外杨花更伴行。
车是针头人是线,穿来穿去补离情。

◎ 梁孝平
晨 读
时常捧卷借残更,独坐芸窗万籁清。
待到一天星读落,心灯共与晓灯明。

◎ 郑 力
由虎跳峡望玉龙雪山
十万危崖欲让迟,崩云裂壁碎于斯。
却嗟虎啸惊天处,才到玉龙垂影时。

◎ 马建华
秋晚由龙岗公园眺汉阴城
遥望凤岭一宏殿,夕绕廊前风在檐。
扯片流霞分万段,西城户户换门帘。

◎ 孙长春
题黄龙五彩池
七彩阳光五彩池,人间天上两相知。
我心原比岩浆热,淬火翻成冷艳诗。

◎ 彭明华
西湖边看现炒龙井
众香闻尽一香殊,嫩叶新锅小火炉。
且向老翁称二两,三千里外饮西湖。

◎ 叶素义

庚子感春

莺啼千树雨，柳占半湖烟。

春为谁憔悴？花香逊去年。

◎ 姚丰臣

清晨遇雷雨感中印边境事随想

万马扬鬃出柳营，訇然天鼓似催征。

奔腾欲酿东风雨，涌向西南洗甲兵。

◎ 寇向东

看 瓜

远听夜鸟近听虫，微醉桌前倦意生。

笑卧香风先入梦，暂由明月守瓜棚。

◎ 陆尚雄

枫

万木逢春争艳媚，独伊不屑附春风。

年年静待金秋到，许诺还君一片红。

◎ 郭战旗

重听歌曲《女儿情》

今生执手已成空，再世相随何处逢？

都是春风负桃李，何曾桃李负春风！

◎ 汪冬霖

中秋节夜吟

玉桂攀高接九层，金风携梦又南征。

深宵许摘楼头月？嵌入乡心作路灯。

◎ 陶建锋

影 子

身轻无有一钱肥，体黑同光总背违。

运困时穷流落处，唯它与尔紧相依。

◎ 李 静

家中菊花，已是小雪过后，依然清香满襟

蛩鸣雁迹此时休，清气依然绕小楼。

纵使风霜深入骨，撑到梅香共白头。

◎ 雷发扬

访洋浪

雪映寒梅感物新，阳畦蔬菜绿如茵。

不知谁做善心事，赊个春天赠小村。

◎ 赵洪卫

吊松山战场遗址

当年杀寇炮声隆，血染山河天地红。

今日仍听兵将吼，一松化作一英雄。

◎ 陈 辉

南塘夜望

龙门中看似瑶台，水映楼花八面开。

一月孤明空际照，满天星斗下城来。

◎ 胡陈英

砚 台

云山绿石巧雕裁，来作轩房一砚台。

借得三分灵秀气，寻常笔下有花开。

◎ 宋华峰
雨　后
露滴蝉声亮，云揩山色幽。
开窗临水墨，落款一行鸥。

◎ 丁　欣
野　趣
花由撒野方娱目，水到抛荒最养心。
破了春光不忙补，满滩柳线与芦针。

◎ 侯良田
乘张家界玻璃观光电梯有感
挂壁天梯拔地行，眼前空荡自心惊。
几多直上青云客，不怕高升怕透明。

◎ 郝翠娟
庚子中秋偶得
雨霁风从檐下收，浮云散去恰中秋。
斜枝倒挂团团月，长照心头与案头。

◎ 王俊卿
月　夜
竹叶鼓琴摇碎玉，扶疏桂魄落窗棂。
正愁漏尽丹青少，收拾清光入画屏。

◎ 李吉兰
茶山人家
春到峡州笼碧纱，茶山仙境住人家。
担云吸取门前井，嘘火烹煎屋后芽。

◎ 李英俊
霜
凉薄一宿任嫌猜，扫尽浮华梦已白。
总对朝阳偷下泪，可怜还是水情怀。

◎ 张　韧
下山有感
下山方觉路人稀，鬓染霜花步步低。
回首一年风雨处，小桥残雪夕阳西。

◎ 李小玲
程阳八寨春游
木楼学样拌油茶，风雨桥头看菜花。
山翠直流山寨里，春光满到侗人家。

◎ 胥春丽
春　草
生生寂寞也风流，冰雪欺身志更遒。
许我东风三日暖，一番绿意便从头。

◎ 葛海晔
小　草
雨后新生不择田，一经破土惹人怜。
痴情穿起军营绿，早替春天做动员。

◎ 王松琴
栖霞坑古道道口
岭树斜挑几朵云，清啼隔叶偶相闻。
此间多贮真秋色，只与行人四五分。

◎ 张建明

车行山中

翠微列列送还迎，烟树绵绵暗又明。

过眼风光无定式，长行总在百折中。

◎ 白凤岭

春　雨

鸟啼惊晓梦，起看牡丹湿。

昨夜花溪水，偷偷涨半池。

◎ 郎　松

游西湖

拎裙菡萏立蜻蜓，三两沙鸥映翠屏。

轻解兰舟心已动，一篙点碎四山青。

律诗

精品奖

◎ 吕鄂川

归来　二○二○年九月二十七日观第七批在韩志愿军烈士遗骸回国仪式所感

国梦初成却未安，风云半岛起波澜。

一千里外壮魂烈，七十年间遗骨寒。

鸭绿江前心似铁，上甘岭上阵如磐。

山河故里仍无恙，今日归来细细看。

◎ 叶宝林

看西山黄叶有寄

野径斜晖没杏林，清泉鉴影试人心。

声声暮鼓云初月，片片霞诗意满襟。

叶落乘风追梦远，春归入土育根深。

前行未肯贪黄物，只捡秋声不捡金。

◎ 于海锋

石

神器补苍穹，红楼一梦通。

浮生多质硬，一世少虚空。

同玉千年寿，传铭百代功。

五陵荒野上，独立北风中。

◎ 王纪波

古籍整理赞

独坐芸窗若许秋，百川学海任优游。

名山事业娜嬛满，霁月襟怀天地幽。

风雨一灯惟黾勉，文章千古细推求。

谁言故纸无生气，老树着花春满楼。

◎ 张　帆

咏　雪

天女散花时，人间共赏之。

还飞还本色，愈落愈高姿。

大被无声盖，阴风枉自吹。

寒阳销玉骨，化作一冬诗。

◎ 丁 懿
初秋再过石臼湖
远山依旧道相逢，人世微凉几度同？
萧瑟芦花飞细浪，清寒石渚落孤鸿。
目驰天地浮云外，尘洗东南白水中。
苍鹭二三惊漫客，一舟横绝任秋风。

◎ 仇恒儒
南水北调中线工程通水六周年感赋
楚水燕山血脉连，江南真到塞云边。
至情倾注三千里，上善深滋万顷田。
不见春堤花梦瘦，但闻林野鸟声喧。
谁挥纬地经天斧，一举开来盛世泉？

◎ 徐家勇
立 冬
才说小阳春亦奇，为何又到立冬期。
可嗟时令常更变，当惜人生少别离。
雨洗山空松有骨，风吹月冷水生皮。
任他万物皆憔悴，不碍诗家作妙词。

◎ 陈衍宇
落 叶
野径秋深草木稀，枝头叶影逐风飞。
每从青眼无高下，不向红尘问是非。
脉络虽残尤守正，芳华犹在自沾衣。
拾来共与红笺伴，悟得人间大道归。

◎ 杨秀荣
重阳漫兴
昨夜寒来梦亦凉，一天风雨又重阳。
添衣情愫托明月，落叶幽怀寄故乡。
莫叹芳春无放纵，应知白发有疏狂。
行囊共我收拾去，大雁长空唱几行。

◎ 岳明阔
谒张骞墓有怀
汉江北岸县西郊，覆斗坟足两丈高。
护家双石存虎气，参天柏树似节旄。
子文一日留足迹，荒漠千秋有路标。
西域从今衣锦缎，汉家自此品葡萄。
文明播撒八方去，信义交通万里遥。
君子如来博望墓，莫谈刀剑与英豪。

◎ 李国新
访丁汝昌墓
小鸡山岗地初平，草色微黄未褪青。
新墓修成铭劫难，残阳落下照孤零。
几回功过一棺盖，多少英雄双目瞑？
只有林风声细细，不知诉说与谁听。

◎ 朱军东
登QQ有感
好友曾经累百千，企鹅一只紧相连。
昵称入目惊初见，别字迷人笑欲癫。
握手鼠标怜昨夜，成灰头像自何年。
抖音微信矜新宠，多少青春已失联。

◎ 向育君

流水歌

奔腾跌宕出深壑，细浪鳞波过浅滩。
映日照花拥翠渚，收溪纳涧绕青山。
湍急舒缓皆随势，迤逦迂回且就湾。
莫笑居高向低去，于风骤处见惊澜。

◎ 奚晓琳

旧折扇

墨陈清字久，腕转小风长。
素影花丛蝶，鬓云兰草香。
关怀知远近，归箧淡炎凉。
筋骨销残日，凭谁忆断章。

◎ 刘秀梅

打工人的乡愁

雪凛冰寒又近年，归心切切眼望穿。
乡愁注入杯中酒，汗水凝成兜里钱。
老父新衣犹在手，女儿长发可披肩？
村头那棵梧桐树，多少离人客梦牵。

◎ 张志勇

元旦过故人庄

篱前竹木未凋疏，律吕回阳度岁除。
冬菜新挑和残雪，梅花斜插映窗书。
喧喧村话杯倾后，寂寂溪桥月上初。
借问年来尘累客，一般清味复谁如。

◎ 耿红伟

酬若诗姐姐冬日见寄

何地音书至，翩然入帐帷？
青峰云外阔，黄叶树头稀。
渐觉伊人远，堪嗟世事非。
小城三日雪，无处不沾衣。

◎ 杜天明

精　卫

殷勤烈鸟合长生，东海兴波总不平。
敢以微躯拼尽力，每衔小石疾呼声。
风霜淬血说无悔，国土铭心必抗争。
精卫千年依旧在，填平欲壑驾长鲸。

◎ 胡志杰

步韵毛主席送瘟神其一

国士殷勤美策多，生民无惧病魔何。
白衣逆路宣忠誓，赤子开轩对壮歌。
袅袅游丝沾绿水，纷纷暖雨解冰河。
屈平若问瘟神事，远望荆襄慰楚波。

◎ 陶　慧

月下调筝

莫道秋来消此身，久闲弦柱漫昏晨。
回文丝锦机中尽，篆字心香座内匀。
桐叶风疏窗隔雨，霜华月白案生尘。
蟾光若有相怜意，为渡清音向远人。

◎ 卢继清
小暑日初访乌拉草堂
堂前恍如梦，襟抱一池莲。
蛙跳盘珠落，客惊银杏眠。
山花香野袖，细雨润亭肩。
莫道相逢晚，归来不羡仙。

◎ 邓建秋
题大风高拱桥
鲁班对此计嗟穷，神迹于今成网红。
万里路从头起步，百年身似月当空。
拱高或可观沧海，天远谁犹唱大风。
却看行人桥上过，不知已在画图中。

◎ 朱宝纯
雄安二首其一
风起雄安欲化鲲，颁来庙策喜春温。
千年大计新区立，一片深情故土存。
汗水未辞随梦洒，心期要待向谁论？
会当指点峥嵘地，话到图南日正暾。

◎ 林群驰
蛇蟠岛海盗邨
岂谓乘桴道不行，实无稊米济苍生。
浪花淘尽虬髯客，石窟潜藏方海精。
八百年来豪气重，三千里外乱帆轻。
于今褒贬随潮水，消涨都携雷一声。

◎ 岳继弘
塞罕坝巡礼——致最美的青春
青葱岁月问松云，雨雪风霜记忆真。
御战黄沙辞父母，梦萦碧海唤星辰。
苍天有泪人无恨，大地无言树有荫。
道道霞光映春色，涛声阵阵送清芬。

◎ 王希婷
戏猫记
独爱娇儿语似呦，白衫匀橘着温柔。
食之回首犹嫌懒，抚亦低眸半是羞。
纤柳拨开姿窈窕，疏花没入步风流。
徘徊不拟群春色，曳尾闲垂小钓钩。

◎ 黄宁辉
小女军训有题，兼忆军旅生涯
十年挂甲洗征尘，铁马关河记苦辛。
弄瓦柳营家有庆，题名雁塔任膺身。
湖山并美朱颜焕，文武兼修彤管新。
三楚地今挥汗雨，挐云意气可吞秦。

◎ 邹刚毅
无　题
寒雨潇湘夜寐凉，江天寥寂鹭披霜。
闲提秃笔舒新意，梦卧溪庐沐暖阳。
自古花明环柳暗，从来曲径蕴春芳。
流年碧水情难尽，洗净尘霾赋国昌。

◎ 叶子金

纪淮海战役五百万支前民工

小推车帜蔽苍穹，七秩犹闻猎猎风。
妹送郎哥奔火线，娘倾稟粟慰元戎。
匡时每仗扶犁手，许国何须勒石功。
万众出征今又是，一家不落壮歌同。

◎ 季传富

宅家闲吟

居家远俗尘，草木作芳邻。
笔吐情千缕，诗吟月一轮。
清风无尽意，白发不由人。
帘卷瞧窗外，山川正涨春。

词

精品奖

◎ 于宏春

水调歌头
寄　人

此夕竟何夕，酣醉在高楼。谪仙相约归去，和梦到蓬洲。揽尽青天碧海，占断疏风淡月，吹散一生愁。心逐明霞起，休念鬓眉秋。　　凝远睇，抚今昔，对江流。古来几许悲恨，挥手去盟鸥。烟树斜阳千里，山色湖光尘外，分付与巢由。魏阙何须望，从我荡云舟。

◎ 王纪波

满江红
与诸君同上井冈山

百侣相携，秋正好，山青如许。争供眼、烟霞窈渺，峰峦奔聚。烽火峥嵘何壮烈，英风浩荡长来去。想当年，高帜起南天，凌云举。　　斑驳血，凭追抚。多少事，添悲绪。对忠魂三拜，泪飞如雨。大业千秋同黾勉，初心一片休辜负。待重来，红透杜鹃枝，花无数。

◎ 杨树林

一剪梅
陇原之春

燕子携风自海涯，吹绿丘原，吹醒梨花。吹红桃杏满山坡。碧了荷塘，乐了青蛙。　　喜上眉梢农户家，筹备春耕，筹划桑麻。筹栽瓜果种秋禾。梦里丰登，梦里流霞。

◎ 郭绍鹏

皂罗特髻
心　思

看花几眼，大抵也单身，有心无力。看花几眼，自在庭园隙。真随意，看花几眼，可能谁、一段低墙隔。看花几眼，也怕留痕迹。　　然后看花几眼，这千般颜色。合书页、看花几眼，又提笔、写下深情极。看花几眼，只剩长相忆。

◎ 邢建建

金缕词

拟别辞

有感于山东援鄂主管护师张静静生前独白

不忍别君去。恨匆匆、浮萍似梦，相思如絮。回首君传平安语，本拟将心说与。又谁料、夜多风雨。碧水青山依旧是，但青山、我已难相遇。天漠漠，雁失序。　　家国有难孰能拒？疫疠生、此行无悔，此行无惧。儿小难经离别苦，唯愿雕琢成玉。便放下、一江愁绪。明月清风知我爱，舍芳心、谱写千重绿。若有待，高高举。

◎ 孙巴生

破阵子

闻各路精英会师武汉抗疫而作

大帅重吹号角，天兵再踏征途。丈八蛇矛城上啸，三尺桑弓月下呼。同歌战疫图。　　昨日京师斩鬼，今朝江夏降奴。只愿黎民心意足，不教苍生形影孤。名垂太史书。

◎ 程良宝

鹧鸪天

鞍马巡边

鞍上风流谁与争，戎装一袭眼眸明。领花恰似梅花绽，军马犹如龙马腾。　　朝踏雪，夜巡星，抖缰无畏叠峦横。多情最是关山月，照我昆仑得得行。

◎ 衡巨芝

鹧鸪天

荷

居在红尘不染尘，涟波动处有清根。出泥月浣泠泠色，隔水烟生澹澹纹。　　江南雨，楚溪云。闲愁易结旧眉痕。为谁独仃斜阳里，未到秋凉瘦几分。

◎ 齐　刚

八声甘州

甚逍遥闹市挽桐庐，悠然历红尘。有片时残醉，半生岁月，点墨经纶。不向虚名浮利，枉费好精神。大道原无妄，静守天真。枕剑琴堂闲睡，忽危峰牧鹤，沸海乘鲲。　　似少年英气，磊落荡层云。遇林泉，何妨载酒，旧兰亭，不是故人心。醒时对，永恒星夜，刹那阳春。

◎ 刘　峰

踏莎行
乡　情

杨柳绒飘，槐花香漫。鸟啼醉了池塘畔。红稀小径几时回，他乡客与归巢燕。　　抹却相思，抚平眷恋。年光何事偷偷换。秋千摇荡不凝愁，朝云飞上伊人面。

◎ 安燕梅

蝶恋花
同桌的你

旧照翻开浮动起，粉泪飘零，愁锁眉间你。曾约飞鸿捎一纸，谁教落在秋风里。　　半块橡皮分彼此，未许经年，擦去朦胧意。料是桃花多结子，自留芳影初心底。

◎ 张柏年

沁园春
八步沙礼赞

三代栽青，六老封沙，八步入春。看田田草格，抗风不止；丛丛绵刺，接露生新。塞地胡杨，边陲柽柳，共与明霞掩落尘。情犹在，把黄龙缚住，点翠荒村。　　当年多少艰辛，正戴月披星自领军。更严冬斗雪，愚公气质；旱天引水，大禹精神。固守初心，深居漠海，淡饭粗茶树比邻。诚无悔，有子孙扬志，播雨耕云。

◎ 李　娜

苏幕遮
电饭煲煮饭兼寄外子

转圆身，连插座。米放些些，闷煮无需火。按钮人生多怠惰。细脍精分，不若安然过。　　细沤翻，微粒裹。混沌难分，相近还相左。磨合稍时应已妥。暖热晶莹，恰似卿和我。

◎ 黄郁贤

贺新郎
留学吟

星夜航灯璨。候机楼、步临安检，心思撩乱。寒牖经年春风意，此去前程冠冕。别老母、心儿忽颤。常把信书家与国，再叮咛、笑溢鱼纹眼。待转背，泪流面。　　孑然异域时空换。陌街头、四顾黑白，何寻唐汉。还入书山排孤寂，总是离愁缠绵。最忆是、一双厚茧。紧紧牵儿行山水，大桥边、数鸭惊飞雁。故里梦，万重远。

◎ 屈 军

临江仙
公交偶遇

注定开门惊见,恍然隔世重逢。娉婷飘发送香风。比肩心近贴,相视脸飞红。　　鸳侣湖山缱绻,边城雨色朦胧。此生方向与卿同。扬花终点站,牵手曲桥松。

◎ 田盛林

临江仙
冬夜书怀

已远南天雁影,无闻草野虫声。梧桐疏叶撼深更。一窗寒月下,清梦也难凭。　　可笑半生草草,堪嗟两鬓星星。何须云外守孤城?归心春日里,遇见柳初青。

◎ 崔江林

卜算子
致敬病房挽手老人

枯骨扣残阳,带把辛酸泪。家用撑持全靠它,一握暖心肺。　　昨日扶羹匙,今日煎汤水。暂去相拥入梦中,双抱青山睡。

◎ 谢继祥

西江月
深山访古寺

雨霁峰回路转,风生雾散云开。残垣古寺绝尘埃,一片神奇色彩。　　露滴池边剑石,虫鸣月下琴台。天荒地远少人来,不识清凉世界。

◎ 蒋 娓

虞美人
谒圣容寺

人间景物匆匆换,寺里时光懒。山门石柱说当年,三圣殿前松柏学安禅。　　藏经阁里僧衣倦,参透斜阳暖。好风嘘我莫高声,墙角那枝绿蔓正修行。

◎ 闫 雁

鹧鸪天
农　家

最爱农家是晚春,篱墙夜雨草青匀。才翻土地泥应软,赶种秧苗早锁门。　　芦鸡闹,燕儿嗔,白猪拱栅叫声频。南山去返需经午,莫向烟林近处寻。

◎ 杜天明

鹧鸪天
父　亲

日子勤耕忘了疲，熊腰弯做一张犁。未因困境胸襟小，只为孩儿眉眼低。　添白发，敬红旗。光荣牌下总凝思。打开话匣景鲜活，征召犹当年少时。

◎ 吴东豪

鹧鸪天
中秋与舍友及隔壁舍友吃火锅

数友同来到此堂，一锅飞架在中央。肉丸正适蘸麻酱，青菜还宜滚白汤。　云既隐，月何藏。纵然无月也无妨。君看锅底鹌鹑蛋，可似明珠落大江。

◎ 谢沃初

鹧鸪天
勇士漂

不怕悬崖与急弯，高低起伏几回环。吼声冲破三清界，快桨划开九道山。　穿雪瀑，过礁滩，红旗高举气如闲。笑看四海风波急，我自飞舟遏巨澜。

◎ 曾玄伟

浣溪沙
童年记忆

记得村头采野花，采来双手赠丫丫，未开情窦也萌芽。　妹后郎前追竹马，涧腰溪尾捉泥蛙。恨他冈上日西斜。

◎ 戴晓翠

淡黄柳
小村之恋

春逢采撷，幽径横山侧。雨后啼莺声应歇。梦里常寻旧识，新燕来时问归不。　若归去，风轻送还别。碧浮瓦，露凝月。是相思，系了千千结。怕又回眸，笼烟村树，重忆飘花季节。

◎ 董　磊

水调歌头
游黔江小南海

碧水映山色，孤棹惹清流。海涯亦是天涯，一目岂能收。聊问云中宫殿，海底玲珑深浅，哪处是真留。黔水汇渝韵，楚客又何求。　乾坤移，光景异，泛轻舟。石阶小径，伊人漫步上高楼。柳借三分柔意，花借两段风趣，谁借钓诗钩。且把飞鸿引，浩浩一滇秋。

古风

精品奖

◎ **姚任民**

泰山石敢当

日神驾车海上来。银鬃天马金鞭催。
下看人寰玫瑰色,一山突兀云未开。
泰山高顶坐一石,脚下坚岩厚千尺。
晨起云头日半轮,月缺月圆夕又夕。
雨雪风霜身不移,仪仗过尽山道寂。
桂露松涛捧碧霞,青崖大字腾龙蛇。
拙石无才无雕琢,天地日月赋精华。
远眺沃野锦千里,即御春风落街市。
夜伴书斋雨窗寒,朝闻通衢万商喧。
石敢当,立墙边,默为苍生佑平安。

◎ **肖梦娟**

咏竹炭茶具

似墨又非墨,古拙出深山。
伐竹就烈火,入手已浑圆。
貌无动人色,胸怀纳百川。
清新一斛茶,泉壑烹自然。
滤去红尘苦,回味三分甘。
温凉随意转,绿烟绕指间。
琴箫作密友,诗书伴夜谈。
对饮指月笑,窗外柳中蝉。
前生重风骨,劫后任悠闲。
人世多磋磨,何妨效眼前。

◎ **胡方元**

雅兰操

种兰滋九畹,秋至郁离离。
蕙质古倾慕,馨香今所仪。
远逃尘世垢,近就泽山祺。
空谷托芳若,清流照靓姿。
春暄萌碧叶,夏润发灵枝。
紫蕊散幽馥,骚人费婉辞。
洁行怀屈子,雅操步夷齐。
愿秉高怀节,来归奚复疑!

◎ **邱晓林**

护士节赠妻聊作长歌诸君一哂

长歌久不作,难得汝欢喜。
聊为汝长歌,南风念又起。
忆昔牵手时,羞面若桃李。
同行忽七年,相亲点滴里。
吾貌陋兼贫,君眸渺云水。
嗔言生太瘦,佯怒拳难止。
白衣真皓皓,节日夸天使。
女儿态更惜,素心殊最美。
还怜碎花裙,闲步春天裹。
月儿自皎洁,两心明胜此。
劳生各有役,唯愿孩童耳。
吟来意宛宛,灯火忘情矣。

◎ 刘庆斌

汴京铁塔有怀

真史原无字,直从此际看。
鸿飞泥雪赤,日落水云寒。
朔气鸣金镝,边风堕鹖冠。
昔为三宝颂,顿作五胡鼾。
裂颈悲忠士,分羹羞玉盘。
沉沦时或易,恢复一何难。
嗟尔盖其幸,千秋竟独完。
争高尝至极,多少只存残。

首届"中华女子诗词大会"获奖作品选

一等奖

◎ 魏小芳

花之魁——抗疫中的白衣天使

衣袂蹁跹绽玉华,清香缕缕暖心芽。
不攀枝上迎春俏,堪比人间第一花。

三等奖

◎ 谭 沫

防疫护士与小儿视频

防疫衣冠脸面遮,同征姊妹唤娇娃。
白衣一袭轮番认,错把阿姨喊着妈。

二等奖

◎ 康彩兰

观剧咏申纪兰

骨亦精神气亦豪,西沟儿女太行高。
春来得绣山川绿,日久深知信念牢。
故事慨然歌一曲,寒霜难以挫分毫。
家园回首情无限,郁郁松风卷翠涛。

三等奖

◎ 李 宁

读毛泽东指挥"三大战役"文稿有感

神州何处不干戈,国祚当年系一坡。
草舍风惊挥巨笔,孤城梦破入天罗。
元知三战黄粱尽,岂惜千篇白发多。
案上销磨方几许,人间已改旧山河。

二等奖

◎ 秦雪梅

南乡子

江 姐

莫道女儿娇,未让须眉志气高。敢把青春都献党,魂消,血绣红旗在地牢。　地动又山摇,锦绣芳魂上九霄。从此争将江姐唱,歌谣,曲不过时花不凋。

三等奖

◎ 张海萍

鹧鸪天

咏赵一曼

冰雪还留鲜血痕,白山黑水解殷勤。自生赤胆能融爱,每到危时敢献身。　铭义勇,带风云。丹心不灭刻经纶。化成一股英雄气,凝作中华民族魂。